还乡文丛

机器猫史话

周公度　著

暨南大學出版社
JINAN UNIVERSITY PRESS

中国·广州

图书在版编目(CIP)数据

机器猫史话 / 周公度著.—广州:暨南大学出版社,2014.3
(还乡文丛/余丛主编)
ISBN 978-7-5668-0902-5

Ⅰ.①机… Ⅱ.①周… Ⅲ.①随笔—作品集—中国—当代 Ⅳ.①I267.1

中国版本图书馆 CIP 数据核字(2014)第 002669 号

出版发行:暨南大学出版社

地　　址:中国广州暨南大学
电　　话:总编室(8620) 85221601
营销部(8620) 85225284　85228291　85228292(邮购)
传　　真:(8620) 85221583(办公室)　85223774(营销部)
邮　　编:510630
网　　址:http://www.jnupress.com　http://press.jnu.edu.cn

策划编辑:杜小陆
责任编辑:杜小陆　杜晓杰
责任校对:卢凯婷　周明恩
排　　版:中山市人口手文化传播有限公司
印　　刷:佛山市浩文彩色印刷有限公司

开　　本:850mm×1168mm　1/32
印　　张:7
字　　数:134 千
版　　次:2014 年 3 月第 1 版
印　　次:2014 年 3 月第 1 次

定　　价:28.00 元

(暨大版图书如有印装质量问题,请与出版社总编室联系调换)

总　序

苏轼说，此心安处是吾乡。还乡是喜悦的，是恳切的，但也仅仅是一种愿力。

我们捡拾的是内心。如何写？写什么？在此都顺应了内心，那也是精神还乡唯一的去处。

还乡是一个梦，是乡愁，是永无止境的抵达。我们寄望于怀旧、后退，甚至是保守的；我们寄生于乡土、故里，甚至是故步自封的。

不是我们流离失所，而是我们还乡之乡已经沦陷。灵魂向何处安顿，没有精神的还乡，就永远处于流离失所的状态。德国哲学家阿多诺说："对于一个不再有故乡的人来说，写作成为居住之地。"

还乡者在路上，在返程的途中；还乡者是过客、旅人，是不合流俗的边缘人和问津者。在漂泊不定的异乡，还乡是我们的忧伤艺术。对于过去难以释怀，对于现在彷徨四顾，对未来又充满希冀。但是故乡在远方，于我们而言，始终是可望而不可即的。

“还乡文丛”是立意，是重塑，而非局限；是敞开的，融合的，也是繁殖的。哪怕仅仅是文字上的还乡，虽然它无法抵达，但或许能安放我们的心灵。

一方故土，是源头，是离散的地方……却又在等候着还乡者的归来。

余　丛

2013 年 10 月 22 日

目　录

夜间读书

昆仑山上

绿酒何辞欢

朝鲜 03.10.17

西安的女孩子，好看的比率比济南至少要多上 70 个百分点。我办公室的一个女孩子就说，她去年到济南，看人们穿的衣服，还以为自己去了朝鲜。她这么一说，我想起一句巧话来，套了用就是：在济南，别人以为我在西安破了产；在西安，别人以为我在济南破了产。

但仔细想想，这两个城市也没有什么好破产的。

甲壳虫 03.10.18

再来西安，感觉总是有点奇怪，走路老觉得自己抱了一截木头，吃力且形象不佳。

连下了几天雨后，云稍散去，去阿房宫遗址看了看。先是瓦当展览，又去复原的大殿看宫廷乐舞。殿后是缩小的兰池，水脏得找不到形容词说它。几个跳舞的姑娘却都盘正条匀的，亮鲜异常，只是那扮皇帝的不苟言笑的样子惹人生气，脸色还病恹恹的黄，(或许是“防冷涂的蜡”？嗯。)不似在享受身边芙蓉面庞的妃子，而是在纳闷妃子何以迟迟不肯死掉。

耻 03.10.19

昨晚看央视播的《新基度山伯爵》后，又赶上一段美国甜心的《当哈瑞遇上莎莉》。梅格·瑞恩就是好看，搞得我睡觉前徒叹奈何了好久。囫囵睡去，醒来已是上午九点。在床上翻一本介绍法国龚古尔文学奖的书，想起今年获诺贝尔文学奖的小说《耻》。去年我曾在书店见过，译林版的，封面印着获英国“布克奖”之类的话，还打六折。今天看报纸上的连载，开头就色色的，但又很有分寸，觉得确实好看，急慌慌去粉巷的古籍书店问，却早已售罄。想自己昔日因为不屑而未买，现今又如此这般，真是无耻啊。

双城 03.10.20

李长之的一本小书，书名是《道教徒的李白及其痛苦》。像个插班生的毕业论文，绕得人直想笑。内容也颇古怪、蹊跷，明知唐时的“山东”与今天的无关，还生拉硬扯的，什么事都往山东上联系。硬巴巴的难看。

现在的山东人是很容易把严肃的事情搞成笑话的。不若春秋时的管仲那么谨严得有戾气，更不若晏婴那样智慧得像找碴儿。传统全掉了。

《都市主妇》03.10.21

整理书橱里的旧杂志，居然发现一本《都市主妇》来。想了半天，也没有弄清楚当初自己买了是什么居心。阿弥陀佛。

花木兰 03.10.22

“唧唧复唧唧，木兰当户织。……阿爷无大儿，木兰无长兄。愿为市鞍马，从此替爷征。”说完，木兰就“万里赴戎机”去了。如此说来，木兰应该还没有心上人，不曾嫁人，既然木兰未嫁，弟弟也是在其从军“十二年”还家后才“磨刀霍霍向猪羊”，那么她老爹也就不到三十五六吧？谈性的书里说：三十如虎，四十如狼。虽每况愈下，却也依然虎狼之身啊。这么年轻，却让女儿替他从军。太过分了，太过分了！

发育 03.10.23

七八年前看周晓文拍的《青春无悔》，一眼就喜欢上了石兰。

石兰多丰满啊，胸脯发育那么好，与那些丰满得有棱角的女人不一样，她是自然、青春、珠圆玉润的，就像是薛宝钗的皮肤遇上了林黛玉的眼睛。更不像现在的女孩子，一个个娇艳欲滴的，让人不由想起某个女权主义者的话，“我看到你，我的双腿打开”。

海妮·考尔德 03.10.24

电影《海妮·考尔德》里，有个男人调戏裤子湿漉漉的海妮·考尔德，说：“你的屁股是湿的。”

海妮·考尔德说：“你的下巴是湿的。”

她回答得真好。

骚就骚吧 03.10.25

好像是董桥说余光中的，说他的文章有股子扭捏的骚味。我现在肯定是比以前脆弱了，一写文章也十分怕这些。但人情总是难以短时间练达起来的，境界更是没有速成的捷径，恐怕一时也无法摆脱。心里就暗暗说，骚就骚吧，尽量不扭捏就是了。

按摩举要

好的按摩当然还是异性。

男客最好是寻容颜圆润的女孩儿：面圆则指节丰满，用力绵透，颜润则肤色晶莹，即便她冷若冰霜，也有绝好的乳沟可看。

最好的乳房多是圆脸，瓜子脸儿一旦大胸，定然风情万种。三流的小说话本，女主角大多是此般出场。然银盆大脸眉际辽远，双乳易成缓放，没有好的胸衣，甚至有碍观瞻。

鹅蛋脸的好处就是胸的妙处，文学史上的夫人皇后都是这样的标准，野史上的妃子姨太小妾娇鬟都是瓜子幼脸。

倒梨脸儿即便再是蜜语甜言，看下平直的唇线，想那漫无形状的臀部，纵是有吹灯拔蜡的决意，也只会是刹那心情。

下颌即是地廓，地廓就是私处模样。脸的一切关乎心的一切。楚王好的细腰，后主爱的小脚，其实都是对私处的要求。

女性客人最好勿要年轻的男性按摩。

年轻男性服侍易生猥亵心思，按着双脚，会想是搭着手指细话；抚着腰背，则想到推车。这低下的心思一生，手掌间便多了把玩，轻重缓急里，都涎着口水。

所谓绵里藏针，即是龌龊的极致。

年老的男侍更是不堪。金陵沪上，京津长安，老店里的怪招，门迎爱是老番。行业的品第无处不在，门迎最是看车下药，看衣问菜：看年轻的吃鲍鱼，恨不得其人身入污泥；看同年的把靓妹，暗暗冷笑咒其暴毙床帷。

顽劣的男侍看年轻女孩，是看脸赏胸，想得分外着力，逢少妇则一念抚臂揽腰，年齿略长的男侍看年轻女孩，只看其小步内八、外八，贪心外溢，见少妇则暗自叹息，时光使我争也无奈，但也使你纵然吐气如兰，也难掩皮松肉懒。

只是舒心放意的事情，毕竟不是散打擒拿，欲壑难平与胆战心惊一般可笑。勾栏瓦肆里，瞬间的非非可通死不要脸的款曲，却成就不了旷世姻缘。左右皆是青果樱桃，我欲如何？小牛吃奶，老牛嫩草。你且那样，我且吃茶。

冬行春令

卫巷里有家川菜馆，川菜馆里有个有酒窝的女侍应，这女侍应还有丰满的胸脯。这酒窝和丰满，让人有不能弄一下的喟叹。

一个不好看的，吃完饭朝门外走着还与朋友说着话的女人，经过我时，口水溅到了我吃的菜上。

柿子拣软的吃。这道理我明白。但逢到有人骂架时说你个软蛋，我依然不能明白是什么意思。是取睾丸常常处于软的状态吗？好像也不尽确切。前些日子我编辑一本性方面的书籍，才算解开了这个心结，原来是男人快射精时，精囊呈饱胀之态，手感比平时实而满。骂人软蛋，好比是说：你个没得弄的，或者“你个弄不成的”。

我听到一个故事，说一个姑娘在一家餐馆做服务员，不到一个月就长胖了 15 斤。第二个月，老板便找借口把她辞退了。

陕西的女孩子眼睛都雾蒙蒙的好看。此地的方言里把这种眼睛叫作毛毛眼，睫毛长得漂亮的意思。江浙的女孩子眼睛当然也有好看的，但那茸茸的感觉是复杂的，捉摸不定的，不像陕西的女孩子，那欲言又止的样子很容易让人想起淳朴、善良等老去的词语。

有天晚上坐中巴回家，我前面座上是一对情侣。女孩子嘴巴咂吧个不停地吃着甘蔗，甜得没有办法的样子。她男朋友看着她说：我吃一口。她说：不!

靠着阳台翻书，突然就想看看花，但季节不当，花瓶里只有三枝菊花，又懒得动。那就抄抄花的名字吧。八月桂花香，二月杏花暖，三月桃花喜煞人，四月蔷薇乱了人心，五月石榴扑人面，冬月水仙带来凉的愁。

我有个中学同学，在颐和园附近居住。他曾经在电视剧《还珠格格》里演过一个用木板打罚小燕子的清兵甲或乙。2000年春天我去北京出差，他送给我两个避孕套。我回去看了一下，是加大号的。我们以前住过同一个宿舍，他无疑夸大了自身条件。

蔡明亮的影片《爱情万岁》里，杨贵媚和阿荣做爱完毕后，下楼去开自己的车。她经过的公路中间的树丛里，有个警示牌上写着：禁止跨越，违者罚 360 元。不是 300 元，也不是 400 元，更不是 350 元，我不知道这 360 元他们是怎么算出来的。

奴家茶饮

喝茶最好是三个人，两个人就最好不要说话，喝到茶汤寡淡，就微笑走人。三个人相聚，便像看待月下西厢，必须另有这么一人“叮”、“咚”、“嗳”、“呐”，打下边鼓，不然故事不好进展，或进展太快。一个人喝茶，则宜选夜深，白日容易孤单，夜晚容易自大。若四、五、六人，不妨喝酒走马；七、八、九人，则只好寻衅打架。

秋花秋月美人，相称的是美人的婉约曼妙。绿风蝉鸣酽茶，我爱的是这无边寂寥。以这寂寥之心爱美人，胜若苦茶过长夏。是以隐士爱秋，取其清淡，与寥廓；君子爱夏，取其漫长，与无赖。我的理想呢，恰是一个世家的无赖，佳茗云瓶列，诗书枕上读，第一道茶粗涩，那就省去，“呔，袭人过来，换个杯盏，且与我那怄气的姨太端去”！

然而喝茶，终是要三道逐次来过才有味道。第一道茶有如临美人而只亲了下手背，耐心之人隐约可知茶香，究不爽意，草率之人，索然之际，可能就此罢休。第二道茶则仿佛初近香泽，愁心瞬间散去，恍然陶醉，难以名状。第三道茶最是容易忘我，把杯之下，几如露湿台阶之夜，美人罗袜布裙，隰苏而至，于耳畔悄语："公子，奴家来矣。"

薄醉亦销魂

有朋友来了，就去喝杯酒吧。

量浅没有关系，酒不醉人人自醉，畅叙幽怀，杯觥交错与慢饮低斟皆可醉人；量大也没有关系，千金散尽还复来，而佳期不可再，喝酒喝穷又何尝不是人间一快事。

我的酒量是微不足道的，所以我向往那酒酣之世，爱慕那豪饮之士。魏有阮籍歌哭而返，唐有太白嗜酒作诗，皆一时人杰。人生于汉唐，嗅下酒香，亦是愉快之极。在书肆曾见过一本名为《唐代酒令艺术》的书，约略三四百页，详备各式酒器与酒令，以及风范。饮酒行令，千载之后而为艺术，那是怎样富丽煊赫的一个时代啊。

王羲之宴集于会稽之兰亭，陶渊明引觞自酌于松菊之畔。同乐皆相似，自乐唯不同。然而转瞬之间，年光流尽，花月虫鱼遥如天际，生此世界，无不相同。古人美酒十千，相逢意气，一醉轻王侯；我附风雅，饮酒有三恨：上菜太慢，名花有主，酒杯无三围。唯谨记：荷叶罗裙，芙蓉向脸，美人如玉当珍惜；莫使岁华摇落，芳意无成，空悲切。

如此，若有余暇、有赞助、有逸致的话，就搞个啤酒的盛宴吧！是时群“闲”毕至，友朋咸集，或于闹市，或于幽僻巷道，列座若干，啤酒若干，上等烤肉可，盐煮花生也可，无香烟无菜肴也未尝不可，且把酒，且言今日之欢，且弃昨日之烦忧。食不厌精，脍不厌细，然居陋巷，箪食瓢饮，高朋满座，不改其乐也。

有次朋友自临沂、自莱芜驱车而来，所为无他，只因有酒相招。晚八时至，连夜大饮，间去茶馆小憩，复买酒换醉。及至深夜，星辰满天，同去爬山，参差而坐，谈及相邻山上的小兽与昂贵的啤酒。继而裸衣，长啸当歌，臧否天下，快乐乃尔！

然时间卑鄙，倏忽过隙。酒还未喝完，天便又亮了。而后各自回家。未婚的回家想女人，已婚的回家挨揍。

她为什么不撒娇

国内各地的女人里，山东的女人最适合做妻子了，却不适合恋爱。因为她们说起话来实在缺乏热情，即使偶尔温柔，那语气也仿佛两个同事在办公间里交谈。办公间里怎么能恋爱呢？办公间里只能调情。好好的恋爱，就这样被一个有礼有节的人搞得无从下口，无从下手，全然没了兴致。山东的姑娘大都结婚很晚，我看这个是主要原因。

湖南的女人就没有这么麻烦。她们说起话来很主动，很甜，多数姑娘连声音也是如此，而且甜得亮闪闪的，不由人拒绝一样喊将出来。心理脆弱的人，到了这里只有听的份儿。如果你在湘西、益阳、怀化、张家界周近出现，忽然有个女声拉了很长的调子，对你“嗳——”了那么一声，你千万不要掉头给跑了，她绝对不是拦路打劫，而可能是投怀送抱。

四川的女人说起话来，要比湖南的还要甜上许多，而且甜得有山泉的自然，只是尾音里老是有丝卓文君般的怨气，时时提防着你是否冷淡了她。广西的姑娘说话时，声音说不上悦耳，但比较贴人，有种恋恋不舍的气息，让人不觉间即生了那怜爱的心。贵州的姑娘说话也有山泉的亮泽，但看得见石铺的底子；那欲拒还迎的声音，会使彼此都有中蛊的感觉。

说话最难听的，要数河南的女人，东北还排不了首位。这是因为河南是中原文化的代表。中原文化，其实就是世俗的文化，所以河南的女人，声音多朴素里带着狡黠。而骂人的话呢，河南也最是丰富。长春、哈尔滨的女人，说话则像吃了萝卜，干脆、突然，运气好了会有点儿甜，但绝对也会有点儿辣，而且喜欢用质疑的语气，每句话都恨不得给人一个踉跄。

陕西北部的姑娘说话时，声音好像糅进了戏曲里的颤音，轻宛入耳，颇有小妾的余韵。湖北的女人说话，舌头舒卷，声音都水渍渍的，听起来多有些模糊。这个以鄂州、荆州、咸宁为最。苏杭的女人，声音当然曼妙，但过于姨太太般分明。假若桥上相遇，你还未开口，她喏了个“呔”字，虽然眼神依然含情脉脉，但切莫怪她与你对面相逢不相识哦。

女服务员很重要

川菜在济南，不出意外的话，应该是鲁菜之外最受喜爱的菜系了。成都鱼庄、重庆酒楼、老川城、老成都、小辣椒等等，略具规模的即有数十家之多。我所供职的出版总社，对面的餐馆以胶东菜为主，但有几次我点酸菜鱼，味道也很好，颇爽口下饭，完全不逊于其他川菜招牌店里的做法。只是女服务员多不好看，还高高大大的，对顾客无形中有威慑感，让人有吃不了可能会兜着走的疑虑。我去吃了几次后，就忍痛割爱，不再去了。

山东省规划设计院附近有家川菜馆，店不大，服务员皆川籍，且身材不高，但匀称，举止、面盘也都比较养眼，皮肤更是比山东姑娘看着水灵。三友鱼馆有几个服务员也很耐看，有段时间我甚至以为他们的厨师也是女的，因为他们的火锅鱼端的是耐心、细致。鲁菜当然也赏心悦目，只是我总是不喜欢本土的服务员。我觉得女人身高最好是一米六左右，小巧一些，轻柔一些，不要动辄就一米六五、一米七二的，那样除了接吻、拥抱方便外，实在没有什么用处。

经九路上的小吃城里的几家川菜馆，旁边移动电信公司的女员工常常在此进餐。我很奇怪她们都很漂亮，气质温雅，难道稍微不好看的都回家做饭吃吗？也是可能的，说不定他们公司真有这个规定呢。有一次，我在亮亮面馆隔壁的饺子馆吃饭，坐我对面的恰是移动公司的女员工，发髻轻挽，着装整洁，领口也比较低，有意无意间我就多看了几眼。有那么一眼，刚好迎上了她鄙夷的一瞥。我的口水滴饺子上了吗？

我喜欢安静些的女性，太吵了就生了害怕的心。有次陪朋友在体育场下面的一个酒吧里玩，里面漂亮的女孩子太多了，看得我心乱不已。一个眼神亮媚的女侍应问我要喝什么，我说了几次她也没有听清楚，最后她干脆胸脯贴我肩膀上，耳朵（嗯，呼吸也很轻柔）贴我嘴巴上听我说话。但直到她转身去了吧台，再送来酒和拼盘，我也没有看清楚她的面容。当时我好像还脸红了，真是不可思议。

说到胸脯，我突然想起来，我在以前的一篇文章里提到过，卫巷里的一家小川菜馆里，“有个有酒窝的女侍应，这女侍应还有丰满的胸脯”。这个胸脯很丰满的女侍应，笑起来甜甜的，眼睛转瞬生彩，煞是可人。有好长时间，我一直在想，如果某日她在国贸附近的清河饭庄里值日，我去吃饭，绝对可以少要一味甜点。只是我连着去吃了几次后，就没敢再去。太让人受不了了。

钓鱼秘话

心情不高兴的时候，钓鱼是一个很好的选择。如果所去的鱼塘或河流，鱼再少些的话那就更是美妙了：一个时辰鱼没有上钩，两个时辰没有上钩之鱼，三个时辰撒完了鱼饵，四个时辰来临，气恼终于毫不犹豫出了丹田，恶念也终于快马加鞭到了胆边，续而生了布弥天之网，抑或夜晚来投毒的心。

如此爱咬牙恨恨，为什么不迁怒一侧鱼篓满盈之人呢？乘他小曲微醺，折断鱼杆，当头打去，或者横下心来，一脚将之踹入水中？诚属解恨。只是这得罪陌生人的事情，委实冒险，远不如买下人家所钓之鱼妥善。买下两尾即可，一尾细嚼慢咽，生吃了事，一尾置于片石之上，使砖头将之砸成肉酱。

自然不必亲为，想象已使人有酣畅之感。一如心情舒展之时，看他人久钓不钩，有频频袭胸而来的暗爽。这隐约的坏意，此起彼伏；从此，满载而归的人，人皆鄙之，空手而返的人，引为同道。有风、水急、鱼睡觉，是俗成的托词。三人为众，相约可以否定，强索、强竿、强饵，是打鱼养家，根本未有鱼不搭线、磨死人心的快乐。

将鲫鱼之饵喂草鱼，将鲤鱼之饵钓鲳鱼，从早晨垂线到黄昏，从站着微笑到坐着抽筋，除却鱼竿失手打晕的鱼苗，所有的浮子微动都让人难以按捺。晨时小鱼散步，午间大鱼翻身，傍晚是周末，唯有鱼里的傻蛋在别人的竿下上钩，其余的都在我的钩旁开舞会？投其所好，其不欢，异尔所好，尔不惊。逼我和泥加堰，抽水涸泽乎？

我有大志于捕鱼，但没有水管与发电机。夕阳照彻陶醉于别人的不耐烦的人，也照彻不耐烦的人的委屈。我的失落是必须等到众人走尽，才好收起早早挂好的网；我的快乐是我不能够做到气势汹汹地拦车撤人。我胆小、贪婪，又拘谨；我冲动、敏感，还虚伪。但我坚信，我与钓鱼的高手正是一类人：我来时晨晖未散，我回时星光一片。

采　耳

与女孩子在一起，晚上太好了。

女孩的手感要好。年龄很重要。年龄大的懂得控制，但人所厌烦的也是这控制：感觉她的手太如意了，晓得所有的穴位。年龄小的好处是，她什么都不知道。她大部分时间是对的，但偶然犯轻微的错误，你反而记得了她。她会更用心。女孩子屏气敛息的样子，似乎力气很大，其实全身都是柔的，最惹人喜爱。她的柔是因为弱。

女孩子要弱，但不要瘦。弱需有腰，有面孔。江湖隐语里把姑娘称为盘子，是只看脸的。只有那些喽啰才见个胸脯大的就扑将过去。电影里那些坏蛋最常用的色情举止，便是托女孩子下巴。你以为是看乳沟吗？还是看脸，女孩子的脸最会记录秘密的变化。当然，海棠若有香，女孩又有好胸围，那简直算是完美了。原来匪徒都是唯美主义者。

吐气如兰是赞美的最深处了。兰花的形，是春秋的痕迹，是战国的怜惜。兰花的身心里，潜藏着国色的危险。历朝的画家均爱画兰花，是唯恐别人知道了他的粗俗。“兰香”的名字为什么可笑？事实上，兰花是用来看的。夸一个女孩子说话好，如兰——就是说她的气息好，不近身，但进了心，有轻抚的感觉。本真一点，世间还是菊花好。

但在晚上，我还是要兰花。

小饕食单

我以前工作时的单位对面，有一家胶东菜馆，主要是进餐菜，味道还算适中。大菜也有，有几次在那儿请朋友吃饭，点了些，好像做得又不太上手。我中午如果不回家，便常在那儿吃饭。吃清汤面，就点个胶东白菜；吃米饭，就点个干煸豆角。厨师好像是个慢性子，油每次都是过热，白菜有油烟气。我只好每次点个受油面积小的干煸豆角。

前年我刚到济南时，周末经常去文化东路的大学区看风景。有次在一家小而干净的菜馆，吃到一味油酱豆腐。做法挺新鲜，外面浇了一层油黄但不腻的果酱，里面依然是刚做出的热豆腐的样子，很嫩。我第一次吃，不知道豆腐如此的新，用筷子夹了个空。拿了汤匙再吃，汁也很好喝，应该是加了冰糖。品相味理，与川菜里的麻婆豆腐刚好两样。

马鞍山路北首经十一路上的小吃城，因为菜系多，我也常去。或许在西安待得久了，去得最多的是亮亮面馆。有一味叫拌肘肉的小菜，我最是中意，未加任何调料，白水炖得松而润的猪肘肉，切成大片状，撒些时鲜香菜，点些陈醋，便可下箸。对面有家海鲜城，是用蛤肉下面，我不习惯；但做的红油虾球、粉蒸蟹黄，却鲜口异常。爆炒花蛤，我喜欢味重些的。到了海边，却发现渔民连油也是不加的。以形补形，想那蛤蜊嘴，少吃为妙吧。

北园的嘉华购物广场开业，我去看热闹，然后在旁边的六必居吃饭。食单上有贡粥，艳羡这名字，先后去过两次，都是空档，每喝不上。说起喝粥，想起有天打完篮球，在内燃机厂的餐厅，吃到一味红烧鲽鱼头，荷叶衬盘，轻酱不油，且清口，下粥定然大佳。只是喝粥吃鲽鱼，铺张了，想想而已。古诗里说的美味鲈鱼，好像也吃过几次，只是我吃饭太没有出息，常常是一味地囫囵，不曾注意色泽。

我吃的最简捷的菜，好像是蛋黄焗胡萝卜。那次，翻译家马永波刚出版了《英国当代诗选》，到京城开会，绕道济南访友。诗人岩鹰做东，普珉副陪，孙磊夫妇和吴兵也在，我叨陪末座。席间，岩鹰点了蛋黄焗胡萝卜，做法非常简捷，熟的腌蛋黄打碎，调以芝麻油，浇在团条状的胡萝卜上即可，味道香冽爽口。我回家尝试着做过几次，却总不尽如人意。

拔丝水果是个喜庆菜，婚宴上常有这个，小孩子多很喜欢，所以下得快。现在多以干白葡萄酒替代凉水，水果味比我小时吃的脆滑了许多。成人的餐局，若点这个，大家以闲聊为主，总是容易冷凝了，沾在盘子底上，难以继食。其实以奶皮覆底，便可防去冷后粘盘的烦心。呵，不知道我是否能够就此申请个专利。

济南离德州很近，坐火车才十块钱。有天早晨我算了一下，往返路费与我一日三餐相仿佛，不如去德州吃饭，便乘兴去了德州。晚上朋友格式、冈居木请吃饭，有一道我只在陕西吃过的菜，凉拌驴肉。驴居然是国内很有名的驴，学名是渤海黑驴。以前我只知道黔南与汉中有驴肉吃，没有想到山东也有驴肉。“天上龙肉，地上驴肉”，真是不虚此行。

厨师的谣言

南方的菜馆请的主厨是少有山东人的。因为山东菜味重。即使强调了“清酱”与“不腻”，对南方的食客来说依然是重彩。但北方的菜馆里，南方菜系的厨师却有很多，因为教他们的师傅说，你想办法让你喜欢吃的菜使得别人难以下咽就可以了。所以，北方的厨师到南方如履薄冰，而南方的厨师到北方却近于恶作剧。

四大菜系、八大菜系地分，分到十大，也没有西部省市的干系。但甘肃、山西、陕西的吃还是有讲究的，只是多是些小吃。小吃是游牧民族的遗性，怪不得他们。但皇皇大菜，也多有点惨烈。看历史上有名的几个手辣的菜谱，掌厨者却多是温雅的气质。让人顿觉世事之无常，从此见气清者莫不小心翼翼。

苏杭也有缤纷的小吃，但更像是雅致生活的点缀。不若西部各地的小吃，一见之下有狼吞虎咽的饥饿感。山东河北的小吃较为朴素，平实得吃一口，心坎里仿佛积了一日的暖阳。河南的小吃居然也以汤汤水水的居多，颇是令人奇怪。江南的汤类食法，多予人清爽感，而此地的理汤方式却有过期芝麻油的浑浊。这吃法的古怪，或可上溯到东周列国。时郑国人处齐、楚两霸之间，左右依附，养成了骑墙犹豫的脾性。

东北的大菜里，山珍当然不少。从平常的酱骨头看，进餐时往往佐以烈酒。这吃相的投入，说明吃得困难，不如江浙盈碟小菜来得轻易。远点说，当江浙开始享受良肴时，东北的食客还在良肴上宣泄着。所以，看东北的厨师，做菜之时攒眉咧嘴，看似身心入神，技艺非凡，其实效果多粗枝大叶。

因地制宜地说些坏话，请陕西的厨师要让他勤洗手，请两湖的厨师则要另买把猎枪，以备他哪日气堵，与你动火药、拼菜刀，就像请北京的厨师要逼他戴口罩，请四川的厨师则需日日看油桶，提防因点些儿底料破了家产。而请云贵、两广的厨师也轻松不了，一不留神某个下了麻药，冷不丁某个又爆炒了苦胆，也未可知。

玲珑有所思

开往糖果厂的车

我在的公司距我住的地方比较近。坐中巴去上班，每天总听到有人买票说“到糖果厂”，且乘客十有八九为年轻的女孩子。我不由顺着线路，按图找寻“糖果厂”的位置。但即使最新的区域地图上，也没有相关的字眼。

然而，几次下来，约莫还是清楚了位置。我时常遐想，在那糖果厂附近居住的女孩子，她们的嘴巴该是如何的甜美呢?

仅仅是吓我

从朝阳门乘车回家，恰好坐在两个年轻女孩的旁边。她们穿得很是干净素雅，一个还有整齐的刘海，黑色的及膝褶裙，清丽里透着微微心动。另一个嘴巴很小，栗色发随意束扎着，翠绿的格纹伞裙之上为白色无袖衫，显得大胆而高贵极了。

这是多么好的一个上午啊，能同时遇上两个柔美清新的女生；仅看到她们双手放在裙上的样子，我就暗止不住那被心怂恿着的攀谈欲望。直到她们说起她们的孩子。

王燕妮

去百盛买挎包。BAGS品牌区的服务员叫王燕妮。王燕妮说话眯着眼睛，嘴巴很哀怨。

我选了一款说，打半价吧。她说好呀。言后片刻，又连连摆手说："不可以！不可以！刚才我没有听到你说什么。"

没有听清我说什么，就答应了。她拒绝的样子真是无限风情。

昆虫展上的蝴蝶不能逮

植物园里有昆虫展，赶去已接近收园。看得实在匆忙，连蝴蝶里哪些是坏蛋也没有记住。

印象最深的蝴蝶是蛱蝶和凤尾蝶。凤尾蝶优雅醒目，最是漂亮。蛱蝶则因为买过的一本花鸟图册中，有赵昌的《写生蛱蝶图》插页，而记忆颇深。画作用笔简率，风格清逸典雅，有几次我想撕下来张贴墙上，然每次想到书是自己的才又作罢。

不过，昆虫里的其他坏东西倒是记下不少。如螳螂，这个东西大吃小，雌吃雄。还有蟋蟀，最荒唐，它们的爱好是打架。一种叫甲壳兜虫的，算是有人性，相貌笨拙而帅气，它们是经常为食物、地盘、雌性而大打出手。师出有名，惹人喜爱啊。

嗨，李格弟

读了夏宇三本诗集。《备忘录》、《腹语术》与*Salsa*。

感觉她从少女至今，似乎都是生活在阁楼里的，而且，还有个初中的男同学，经常在她洗完衣服后，乘夜色翻过她家的院墙，登上顶楼的阳台，变态地一件一件嗅她的衣服。然后，把每次的嗅觉写到日记里。直到有一天晚上，他在写完日记返回的途中，被地铁卷进隧道。

她呢，有最好的直觉，每日早晨穿着睡衣，把衣服再洗一遍，把洗衣服的水，从阳台倾倒在邻居家的向日葵上。

她为什么这样做？

找时间去揍小新

很长的时间里，我一直在想，一个回答蝌蚪长大后会变成平底锅的小孩，他会不会天天鼻青脸肿呢？事实上，他的记忆中，储存不住丝毫的难堪。

我想象我怨恨的一个人有一个这样的儿子，他每日每夜彻底地无聊、亢奋，又能集中精力做任何挑战人想象力的事情，并在所有的恶事中百战百胜：星期一欺负女同学，星期二欺负女老师，星期三糟蹋邻居小孩，星期四在家发明咒语，星期五看妈妈的笑话，星期六亲自己的妹妹，星期天候在路边等着落井下石。

如果他认识铁臂阿童木，应该也会变得善良勇敢无私无畏吧。

去偷南瓜去偷辣椒

云居寺在洒金桥。但见到地上爬了一片南瓜，就算是离菩萨很近了。

南瓜秧子茂盛，匍匐了很大的一块面积，叶脉既胖又喜庆，而且结实密集、硕大。旁边靠近寺墙的地方，还种了两排茄子，几株辣椒。都是很天然的样子。

但是，我去了几次也没有分辨清楚哪个是山门，难道蔬菜是给香客去偷的吗？不善啊。

陈 茶

陈茶记着旧梦。是顶好的册页本子，有水的饱柔道地，却没有水的洇痕波声。又是上佳的碧玉簪子，老苍里透着晴润，暖色间藏着苦凉。

少女采摘的春芽，秀口含引着今时晨间的风声，接着惊蛰以来的雨水。然后，摇青摊置，迎日通阳。焙而复之，去寒存真。轻捻包揉，纳心入内。

工序的繁复，要求盛置的妥帖。欲喝新摘，则为玻璃盖盏，白瓷瓜瓶。欲品陈放，则为木浆纯器，翡翠玉皿。

新茶气息昂扬，如夏日雨后。陈茶清澈，又得隔年的节气，如少女得遇良人，心忽然而静；而后，心花倏然满开。陈茶之贵，全在此微静之一刹那。

去年的春茶，就是去年的人。前年的明前，恍如隔夜的云端，鲜亮里潜散着睡意；好像飞过窗口的候鸟，不恋慕此间的一切消息，却带着去年的消息。

一二三四

重林弟弟，2004 年夏天昆明小晤后，一直未再谋面，很是想念。月初你告诉我说，一天见三个女孩有些疲惫，我很是关切。刚好我的公司代理了几件保健品的销售，如果你需要，可以六点五折扣给你。其中那个速勃增大丸销售半年来，客户反馈最好，建议你一次多购买点。另外，如果你能向周围的友人推销出几件的话，我想送你一盒泰妹粉，催情效果颇是神奇，你可用来对付拒绝你的女同事。当然，你不要在办公室与咖啡厅使用。

时间真是不客气。它使聪明的人志得意满，使糊涂的人愈加不堪。自我收到你编辑的《普洱》杂志后，对普洱慢慢已经有了喜感，便不再于茶馆说它的坏话。如若你兑现诺言，寄一二三四箱或五六七八饼茶叶，我打算在杂志夸上它半个版面。现在我老了啊，只剩下贪心。我记得那年在昆明，与你的女同事在阳台看公司养的几个肥猫；而今，我只记得你女同事的笑容，全然忘记了肥猫的模样。还有与你朋友共进的午餐，今天我只忆起那天你未点的菜单。

这些年，经常有人问我如何收拾女孩子。这我怎么知道呢？因为我回顾情感，从来都是别人把我收拾得气喘连连。我就让他们去问你。我很清楚你的魅力。那天傍晚，你送我乘大巴去丽江，神色焦急，说晚上有两个女孩要去你处，只有一张床。现在不一样了，你在昆明有很多张床了，且一次比一次气定神闲。人的魅力就是这样奇怪，我有八段锦，无人跟随去看花；你仅有一张床单，却从者如云入帐帏。我相信你。

我本想在这封信里跑下题，谈谈出版、茶叶、玉石、山水，还有其他什么的，但终究不能忘掉你与三个女孩大战的情景。我无法掩饰我的羡慕。不过，我最近有一项新的研究，关系到统计数学与逻辑学，主题是“体育训练为什么要喊‘一二三四’，而不是‘五六七八’”。为什么呢？我很无私地告诉你，因为前者呼喊时是气入丹田，可悦色通窍；后者却是泄气如虹，致力竭心疲。有一天，当你遇到四个女孩时，肯定会派上大用场。

人　话

海鸥在海面上飞翔，它们发出“大呀”的赞叹。喜鹊在枝头鸣叫，带来晴与雨的佳讯。象群在森林的水边，发出单纯的上颌音。他们对世界的表达这样简单。

人话却不如此。上古还好一些，越至今日，便越是复杂。

禹夏时代，“卿云烂兮，糺缦缦兮”。我喜欢这个“兮”字，“日月光华，旦复旦兮”，好像一个美人的恬淡笑容。到了西周时代，仍然是四言，“呦呦鹿鸣”，似乎变得更为内敛，身影多了无语的曼妙。一切都在光隙中变迁，叹词也随着人心而渐趋消匿。

晋地的日头照临万物，蜀山的璀璨可见蚕食桑叶的胜景，鲁域的经册仍如鱼在器皿。与人相关的事物，从此充满了种种暗示。

孔子之后的叹词，容量越来越窄而小了。孟子性格那么外向，不若后来的二程与朱熹那么彬彬有礼、思维缜密，我常常担心他当时吃了很多的苦头。只有高僧和水泊梁山上的强盗们，还频繁运用着果敢自信的“咄”字。

只有天地山水与草木禽兽没有改变。当然，这“兽”字的领地里，还有机器猫。

伟大的机器猫，它的大嘴巴是我最爱的“兮”字。每次想到它撇着六根蠢胡子，蹙着鼻头，飞翔在城市上空，寻找店铺，买一顶头围超过腰围的帽子，我便由衷地发出读诵“卿云歌”时的笑来。只有恋情中的人，才能明白它的倒葫芦身材与抿着的大嘴巴多么珍贵。

恋情中的人用词也是这样简单。在第一个吻中，她的声音像她的身体，是轻软的蜜糖，是乳燕的嘤咛。在第一次的交接中，那是大象们欢愉的美妙上颌音，那是海鸥们无边无际的自由翼动，全部的身体只化作一个简单的“啊”字。一个简单的“啊”字，如喜鹊们的只有一个字的识字课本。“嗯”字在鼓励着你，形如上古“兮”字的“呀”在期待着她。

此时此刻，话多的人是多么蠢啊。

夜间读书

此时与彼刻

我在电梯间里做什么

在电梯门关上的刹那，有两个人喊着“等等”跑过来。

我按住了开门键。

电梯门打开，他们进来了，各抱着一沓“济州岛”字样的宣传页。

我问：“你们是旅行社的吗？”

他们俩眼皮也没有抬一下，直盯盯看着什么也没有的地方。

整整一天，我都在想：为什么我表达了善意，还要多说一句话。

诺亚之后的坏

夏娃之后（创 3：6），该隐的习惯（创 4：8）流行。到诺亚的时候（创 6：13），耶和华终于决定杀死所有的人，只剩下诺亚一家。他就果断地把很多人淹死了（创 7：23）。

又过了一百个很久，到亚伯拉罕的侄子罗得（创19：1）的时候，耶和华厌恶索多玛、蛾摩拉人的坏（创19：13），就又果断地把他们烧死了（创19：28）。

但现在的人的坏，连人自身也无法预测。那么，诺亚之前，该隐到底有多坏，可以使得耶和华发怒，只剩下一方舟的生命？而且，耶和华先是用水，然后用火，这样说来，他还有好几招没有用呢！

说谎者如何许愿

为了加重某件事情的紧张程度，便对合作方说谎，说自己陷入了什么样的困境，如果对方再不着手解决，“自己”现在的处境也很难保持下去，情况会变得更加糟糕。

类似的话反复说了十几次后，“困境”如同以往许下的愿，便应约出现了。

这是多么奇异的经历。是因为说谎时迫切的心吗？夸大自己的焦急程度，寄希望使对方陷入道义的凹地，这算不算透支对方的良知与判断呢？良知与判断如种子，“我”描述的“困境”便成为他的“水给”，会使之愈加丰润吗？对方的“增益”转化成“我”的“困境”，是遵循因果律吗？“困境”在许愿前确实存在，只是没有“许愿”后这样庞大、立体。那么，使它“庞大、立体”的因子在哪里？“困境”以“谎言”为食吗？

如果当时如实转述问题，真的难以达成心愿吗？

阿特伍德的问题

对于阿特伍德在国内的影响，我一直心存疑问。这种炫目式的写作真的有市场吗？

三月初，Adieudusk 的朋友 Andy Patton 来。晚上一起喝茶，由 Yang 翻译，言及在加拿大艺术领域内所熟知的中国诗人，只有闻一多与冯至。至少对于 Andy Patton 是如此。期间，因为我说到对萨福的偏爱，很长的时间在谈 Anne Carson，以及 Yang 挚爱的华兹华斯。

事实上，当代中国新诗的整体水准，无论技艺还是对情感的控制，已经远在民国之上。但为什么这些当代的优秀作品传播出去，之间的空档却接近 100 年？如伦纳德·科恩的诗集《生命之书》中的作品，国内 80 年代后出生的诗人，相比之下，也可以群数，且毫不逊色。

普拉斯诗歌全集

自十五年前读到岛子、赵琼翻译的《燃烧的女巫》后，对其诗集新译本的期待始终未歇。

五月中旬，得一忘二兄来。忘二兄是中文区域第一个翻译完西尔维娅·普拉斯诗歌全集的人，也是一位优秀的诗人，他创作与翻译的一些情色诗，曾经是我的打印读物。

十年前有一本《外国女诗人诗选》，也有普拉斯的几首诗歌。但在同一本诗集中，美国女诗人一辑，以作品而言，安妮·萨克斯顿、阿德里安·里奇、玛丽安·摩尔，要比她更有破坏性。然而为什么国内外的相关评论，先后都有专文推介，最终却只是集中在普拉斯的身上？

忘二兄否定的《苦涩的回声》一书，除掉"死亡的美学"因素与主观的材料取舍之外，提及的她对感情的倾注度也许是一个重要的原因。但 2003 年的电影 *Sylvia*，女主角格温妮丝·帕特洛却过多演绎了情欲的部分。

她在寻找并建设心的构造，而其他人，只是在破坏自己的心。

谷川俊太郎的"天空"

与《去见我》、《临死船》两首对比，如果把《二十亿光年的孤独》、《我的心太小》作为谷川俊太郎的代表诗歌，就错过了谷川最深处的魅力，也错过了一次了解死亡的美妙方式。

谷川诗中的"死"是东亚文化中对"死"的态度，有中国大乘佛教与道家的底子，自然、达观，不畏惧。《去见我》甚至颇有些田园气息，微笑的姿态也算是《临死船》的序言。但到了《临死船》，"死"却展开了它最真实的魅力，流连、徘徊，长长的叹息，

“死”的“天空”宽阔无比，随时可以包围每一个人。

把未来的“死亡”表述得这样得意，也是源于谷川与儿童诗的至密关系吧。

帕慕克的童年

与库切一样，奥尔罕·帕慕克在随笔上的才华让人惊讶。怎么会这样差呢?

谈及读书，书目是：《帕尔玛修道院》、《项迪传》、《洛丽塔》和《艾达》，《卡拉马佐夫兄弟》、《地下室手记》和《群魔》，还有略萨的“劳军女郎”和拉什迪的《撒旦诗篇》等诸如此类。这些书的统一特征是背离规范。所以，对于帕慕克，与其说是阅读经典，不如说是强调自身在土耳其文化中的“崭新”形象和位置。

但他谈及这些书籍，还有他热衷的欧洲政治与土耳其社会现状时，并无多少新异的判断。尤其两篇关于美国的纪行文章，相反却暴露了他在面对内心叙述时，呈现出的过于急切的语言模式和文化上的卑下心理。而这又极其可惜地、难以避免地冲击并消减了他那些回忆性篇章中的微弱的诗意。

还好，《别样的色彩》一书中，有一篇关于他童年的自述小说《凝望窗外》。写父亲在帕慕克年幼时，与母亲不告而别的一次巴黎之行。童年有天使的力量，当他完全真实时，他才恢复了“大师”的样子。

瓜子小谱

瓜子最适宜儿童和不良的女子来吃。俊秀的少年会因之显得无赖，纯洁的少女则会因之无端生出鄙薄的神采。世家的子弟，功名的郎君，旁骛多多，无暇顾及；即使大家闺秀与小家碧玉，不是上元灯节，端午仲秋，也是鲜有日日秀指轻拢，筚拨借以了暇。就像胭脂，只有贾宝玉吃得天经地义，而且声响极大。

但姨太与侍宠的丫鬟，晌午时候，掌灯之后，也每每有喜笑颜开的良辰，邻舍的长短，麻将的得失，相伴的多是雀里云烟，瓜子脯干。只是姨太可以倚着香衾八仙，丫鬟却只能临着廊柱花坛，美人靠上可以执扇，如若嗑上瓜子，形象则大是不堪。至于牙差小厮，唯有阶前垂首，马侧扶鞍，哪里有屏风可以遮挡咂咽生津?

假之《红楼梦》里，晴雯吃的瓜子，与平儿虽然无二，但她声音的脆响，定不如平儿姿势的迂缓底气。妙玉吃的瓜子，一如服丹，以颗粒数，不是暮四，便是朝三。赵姨娘嗑瓜子其实表不了多少寂寞，她喜欢与陶醉的，只是那格儿呸呸的声音。然而她最适宜的还是松子，形锐而实坚，一不留神就有囫囵下肚的可能，也恰合了她的脾性与遭际。

贾母年迈，中秋赏月叨令，常吃的唯有那南瓜子。南瓜子颗粒满孕，皮薄仁厚，也没有葵花子的菱条硬索。无论是光边与毛边，干湿肥瘦，她手动即可剥落。心事在握的人，并不计较瓜子香味的馥郁寡淡，要的是这从容回甘的消遣。但她嗑得再慢，李纨也会再迟上一些时辰。然而李纨再慢，也不及贾政之疏。因为他每年只拿过一次瓜子，还不见得吃下。

西瓜子最合袭人。牙齿作痕，指甲分开，绿衫淡唇，绝是清柔。瓜子于她，仿佛云雨之后，缓解羞赧，暗享甜蜜。但袭人是不会在大庭之下公然露齿的，她的出现不离那屏风床帏。这其中的俏皮，如果薛宝钗说个笑话，可能会是这般：嗑些西瓜子儿，也躲得这般隐约，真是个心细的温驯人，不然林姑娘见了，不定说人是讨厌瓜子脸儿呢。

而吃瓜子的脾气，与凤姐相比，探春好像还要大些，她每嗑一枚瓜子，即使漫不经心吐出的瓜子壳儿，似乎都可以嵌进对面的树桩里。像惜春那样把瓜子仁一一积在手心，再逐个吃掉的谨慎，惶若是尤三姐数着瓜子想心事，只是她防备全存，尤三姐绪乱无措。贾琏吃瓜子自然别样，多姑娘儿往嘴里送，鲍二家的往嘴里抛。迷情之花，几番摇曳。

陕西巷里的小凤仙，莳花馆中的玉堂春，细碎的瓜仁心事，漫如折子戏里落雨的锣点。而那清吟小班嗑瓜子静候大户的当儿，街边的流莺正眼神疲惫地抛媚飞色。我要在那超市还未关门之际，买下十香、椒盐、清炒、奶油等等瓜子若干，待夜深人静之时，耐心嗑了，应应那隔壁的辗转，挑挑那晚饭未吃的猫咪，念念那明日将吻的人。

我日论

女性角色碰上施耐庵和笑笑生这样的作家，也算是极大的不幸。但如若遇上王实甫、蒲松龄之类的，那定是前世里拜了花神，又由不得今生不花枝招展了。而到了民国，女性作家占了很大的比例，犹如盆景放任了枝条，对男性多少有了鄙薄之意。看苏青在《结婚十年》里的描写，男人基本没有她瞧上眼的。相比之下，其时的男性作家，便有些多情迷人眼了，穆时英、刘呐欧、叶灵凤、陈源等人，笔下的女性多是一副清冷富丽的姿态。

沈从文有篇文章，说一个水手在河下的小船上叫吊脚楼上的一个同伴：“牛保，牛保，狗×的，你个狗就见不得河街女人的×！”吊脚楼上的那一个则“从热被里妇人手臂中逃出，光身跑到窗边”缓声应答，而那个卧在床上的妇人，“也开了口”，说：“牛保，牛保，你别理他，冷得很！”片言之间，妇人腴美撩人地打了个照面。

这第二个“×”，显然是女人的性器。说到性器，李敖说台湾是大陆的睾丸。想象的阔度，颇是出人意料。按他的逻辑，那么山东半岛就是勃起的鸡巴。如此，那参差交错的日本列岛的成因也就值得怀疑了。从生殖器理论到太平洋岛屿，估计日本人是不会同意弗洛伊德学说与东亚地理扯上关系的。

文字学分析“日”字，源于太阳的象形。太阳生万物，女人也是，进而会意女阴与阳具的接触。看来“日”是个有生机、象征活力的词语。但现在说“日”是“我想要你”，骨子里透着修饰的劲头，想直接来又作了个恼人的迂回，影响了“日”的质量。而“我想性交”比较简洁，却生理化了，近乎科学用语，也仿佛自渎前的发狠。“我想做爱”很是典雅，有温顺气息、节制之美，然过于舒缓了，让人在宽衣解带之际有索然寡味之虞，所以更像是说说而已。但“我想日你”，就比较爽脆，甫一出口，辄有立竿见影的效用。

陕西关中地区，养驴风盛，驴生殖器长，所以陕西人骂人经常用“你个驴日的”，不仅仅讥人性格诡怪倔强。陕西还有个凉菜，叫作凉拌驴肉，是美味，只是不知能否壮阳？山东人骂人多骂“日他奶奶的”，羞辱得远，毕竟礼仪之邦。湖南有些地方骂人是用“狗日的”，从背后搞，样子不雅，不过现在颇流行。东北有些地方骂人“屄样的玩意儿”，对性爱是不尊重的，概因为他们那疙瘩天寒，性太普遍，闲着无聊才做那么一下，所以由此潜意识里对女器有了侮慢。江南许多地方把○○读作洞洞，估计其中也含有性的意味。

作家里面，山西李锐的主人公常说“他妈屄的”，重心是

“屄”，恨得切齿，骂人集中到点上，潜台词其实是“日”。河南李佩甫的习惯用语是“睡一下”，有羞涩的暖意。陕西贾平凹的《废都》，言及女人的体液处甚多。阿城说他读《废都》，只看到饥渴，实在正中肯綮。但在表达的极端上，国内作家，唯有莫言能与洛特雷阿蒙的《马尔多罗之歌》中的乌烟瘴气作些比拼。1987年左右有个马建，语言蹈砺粗野，故事性感血涨，听人说是惹过乱子，奔了异国他乡。好不可惜。

《水浒》里，李逵出言即说“鸟”，那鸟就是男性生殖器的象形，鸟头很少是昂着的，骂人“鸟”，就是说“那个鸡巴直不起来的”，很不屑的样子，从这点说，李逵比林冲还气傲。《灯草和尚》故事离奇得厉害，事关动词，左右一个“弄”字，且弄法单调，未免乏味。最见功力的仍是《金瓶梅》：顶、递、抽、拽、挑、插、突、干、提、导、撞、挺、捣、扇、送等等，数十个字词，酌情各用，皆洽其境，一气读来，简直有“大珠小珠落玉盘”的乐感。而且，词语间隙还勾带着丝丝圆乎乎迷蒙蒙骨软肉嫩的暧昧劲儿。其中用得最具特色的是一个“拽”字，由此可以看出西门庆自视甚高，时常卖弄自己器具的长度。续书《隔帘花影》等之逊于《金瓶梅》原书，仅此一词，即让步无算。

亨利·米勒的《北回归线》里类似“塔尼亚，我在操你，你就得这样叫我操下去。若是你不喜欢叫我当着众人的面干，我就在暗中干”一样的段落，俯拾即是。操，是发泄，有隐隐约约的恨。干则是力量性的炫耀。李昂小说《杀夫》里，陈江水对“风月楼”

的妓女金花说：“早上干我女人，干到一身月经。”腔调是郁闷的，但骨子里有股血脉贲张之际百步穿杨的酣畅感。陈江水乃一屠夫，干得合情合理。“插”是极端主义者的，陈经济私媾潘金莲，作者用的即是“朝着金莲单裙只顾乱插”。两人迫不及待的姿态跃然纸上。“搞”则是不严肃的，无论搞未搞到手。《红楼梦》里的薛蟠，写的那首“春诗”中用的是“戳”。心态可疑，故形体不堪，“戳”显然是轻佻、浅薄、低贱的。

操上搞下，弄来干去，还是一个“日”字采象形，取会意，返璞归真，尽得美妙。陈忠实《白鹿原》中有俚谣：“小娥的屄，我想日；小娥的奶，我想揣。”略读之下，久违的清冽舒展的乡野气息扑面而来。三秦旧地，那先秦两汉之后人，言语率拙，俨然去古余韵，确确动人。

想想某日，风清气爽，司马相如对卓文君说：娘子，过来，我日一下。就令人顿生快意地笑来。

夏日读书记

与冬日里读书比起来，夏日就不能算是读书的季节了。

一般天气，上午八九点，不甚热时，赶快翻翻《吴越春秋》、《山海经》之类可以片段阅读的书籍，蒙田、狄德罗等教人做人的文章就且不要看了，大清早学这知识总是够扫兴的。及至中午，热气上来，漫画书便有了作用，微笑之际，脱件衣服，阳台上看看小鱼，再晒一下，简直妙不可言。

我没有午睡的习惯，所以对下午也同样喜欢。因为如果午睡的话，下午精力定是疲惫，精神气全到后半夜去了。我下午一般是看棋谱。吴清源大气象，看不明白，那就攻藤泽秀行，也是棋圣，还通俗易懂。看棋谱是很累的，条条框框，黑白相间，缜密入髓，弄得人头疼而晕眩，但一想棋艺长进了，对方输了之后长吁短叹的情形，就乐在心间。我特不高兴那些把自己修养得得失无关乎己的人：人生嘛，本即是活在得失之间，喜怒不见于形容，有甚意思！

我是个爱看风景的人，但我住在四楼，没有电梯，如果傍晚想散步，走下去，要出些汗，再爬上来，又要出些汗，我的舒服还没有汗舒服？——不能便宜了它！我就赖着不下楼，翻看过去买下的电影画册。我最喜欢看的是卡特琳娜·德纳芙，恍然老矣，但毕竟是美人，丰韵更胜年轻之时，每次观赏无不心向之而戚戚焉。有个朋友说，唉，昨日看荧屏上年轻时的一位偶像，昔日风华绝代，现今真真惨不忍睹啊。我说，那有什么可惋惜的，老了之后如此这般，那她年轻时是多大的一个骗局啊。

晚餐后就读首诗歌吧，彼特拉克、萨福、狄金森一样低缓明亮的，不要佶屈聱牙或声嘶力竭如卢仝、惠特曼、金斯堡的。然后看会儿广告，听会儿流行着的歌曲，去淋浴。你先她后，泡沫香气，浴巾低挽，颔首轻拭面，赤脚经客厅，妈的，妈的，此时此刻，此心此景，不温存一番，对得起那新买的香皂与岑寂夜色吗！对得起这杰士邦与沙发吗！当然，如若你是一个人住着，就不要淋浴了，费时费水，洗干净了给谁看呢？徒生烦恼而已。就一年一次，去去污吧。

同样的道理，我也是大多瞧不起后半夜读书的人的。后半夜在我看来只适合读被禁小说，看三级电影，但即使如此，也需费脑子，所以我索性不看，睡不着就意淫美人，也不看！

后半夜是用来动手动脚的。

卿本佳人

安吉里娜·朱丽的胸部和嘴唇，我一直比较看好，感觉如若给她一部《瑟堡的雨伞》或《偷香》之类的片子，她就完美了。但她没有凯瑟琳·德纳芙早年那温婉清丽的内蕴，也没有丽芙·泰勒那单纯隐约的坏意，肯定是演不了的。她的败笔就是她的眼睛里的狡黠和透彻，长这样的眼睛的女人，大部分是喜欢表达的，看她为了婚姻在私部刻名字，小瓶装什么血，我就替她的婚姻哆嗦。两人的感情如果到了需要双方信誓旦旦地保证的境地，那着实是够让人气馁的。所以她即使是在最佳状态，也只能演《吉娅》这样满目琳琅、略带形式感的片子。到了《古墓丽影》，就彻底成了一个傻妞。

不过傻妞也是有境界的。梦露的胸脯和嘴唇没有安吉里娜·朱莉的有城市感，身体没有朱莉的妖艳和淫靡的吸引力，她的性感是一种来自乡村的自然，有一种郊外拥吻的透明与真切，即使偶尔地摆出些类似《七年之痒》中楼梯上那机械傻笑的姿态，也玲珑剔透，毫无设防的迹象，让人津液暗生，愈增怜爱。而朱莉则不然，她处处予人的是一种机关遍布的不信任感，一种缠绵之际依然担虑后背遇袭的恐慌。一个是性感到傻与惹人动轻薄之心的地步，一个是粗野到危险乃至有底裤连吊带睡衣也不穿的境界，看美人如此不知珍惜、珍惜过甚，喔，好不痛心。

而莫妮卡·贝鲁奇是把这种破坏的美做到了极致的。在《西西里的美丽传说》里，她饰演的玛莲娜的美是那么冷傲，结局也那么孤绝。但生活中她也是执意不给人好脸色的。她在那部充斥着大量极端的暴力镜头以及性爱场面的影片《不可撤销》里，居然有一场长达9分钟的强暴戏。据说影片当年于戛纳上映时，有250名观众中途离场，20名观众晕倒接受氧气治疗。也算是骇人听闻了。我当然喜欢看性爱的影片，然而如果与暴力结合起来，还是看《卡利古拉艳情史》抑或《惊世狂花》、《漂流欲室》的好。设想梅格·瑞恩拍完《西雅图夜未眠》，然后去法国主演《操我》后的情景，简直恐怖。但小羊自行入虎口，我奈她何？我CAO。

花瓶主义

有一次看梅丽尔·斯特里普主演的《异教徒之舞》，突然觉得她很性感。这感觉把我着实给气坏了，她一点也不漂亮啊！头发不密，鼻子与面孔不协调，嘴唇太薄，看着就是个刻薄的人，而且，身子也不丰满，走路还有着丝丝神经质的气息。难道她的性感，预示着我行将老去了吗？这可真让人不安。

因为在我看来，一个女人如果长得漂亮，那就简直不需要其他的技能了。说一个女人是花瓶，那无疑是至上的赞美。说某一个演员是演技派，其实是说她容貌先天不足。演技派的影片当然好看，耐捉摸，犹如衣裙老扑扑塔塔地穿着的梅丽尔·斯特里普，诚然比诱惑逼人的乌玛瑟曼有女人味道。只是偶尔喝茶虽好，不如终日看花沁人心脾。

但是，如果一个女人生得如丽芙泰勒那样新鲜、柔美、甜蜜，再加上一些譬如影片《偷香》中那样本色的演出的话，便是“美止此哉，夫复何求”了。然而，若有美人自负国色天香，倾国倾城，实在懒得费心思在演技上下功夫，且待走出名利场，跳过狐步舞，三十过去，四十扑面而来之时，弃却那筵席之杯盏，做个精装瓷器，为时也未晚。

何春蕤喊道：“我要性高潮，不要性骚扰。”女权到了她这里，已经与“女祸主义”毫无二致了。看看何女士的玉照，用最简单的推理，自然发现，女权主义者绝大多数都是丑八怪，因为长得太难看了，得不到男人爱怜，所以才讲女权，以求那女子之“自在”。

啊，女权啊，多少孤独的人假汝之名行那“不义”之事！

俗不可耐

翻阅几本侠义小说，有本序言里提到《儿女英雄传》，说钱玄同非常爱读，而且是“倒背如流”，让我很是惊讶，恁地絮叨耗时的小说背诵下来，无疑是一项极为辛苦的体力活儿。当然，书中的十三妹我也是喜欢的，只是恼作者把一个小中篇，偏偏给弄了六七十万字。而且故事依然是才子佳人，不过把英雄救美人，给换成了美人救公子。

《金瓶梅》呢，写到时间总是“时光荏苒”，一笔带过，缺少缓冲的路数，又未免简明太过。而且动辄“诗曰”，颇是滑稽，在转承上也远不如《红楼梦》来得自然。《聊斋志异》，光怪陆离，情事艳绝，好玩的事情层出不穷，却又总是犯那叙事之后点题的毛病。及至清末，好不容易不“诗曰”了，《老残游记》淡然，却又开始了“话说”，有股子摇舌鼓唇、按捺不住的不爽透。中国的几部小说名著，就这样多多少少地让人别扭着。

章回小说到了民国，渐渐被现代小说挤兑到了侠义和冶情的歧路上。而那一拨学人多习西学，又因为旧学的底子，且处变世，行文与事，皆有魏晋风，非小说类的文字却也由此做到了极致。随笔的佳妙自不必说，学术疑古怀疑到《管子》、《韩非子》全为后人委托之作，甚而定论本无管仲、韩非其人，也可谓是为《笑林》增一猛料。

多年前买过本刘达临的《中国古代性文化》，四十万言余，惜之太过啰唆，文笔也堪称拙劣。看文笔差强人意倒也罢了，然频频用后来文字佐证前朝故事，甚而得出“从中国的历史看来，应该说在夏商周的时代，在平民群众中，男女之间的爱情开始产生了”等等诸如此类的荒唐论点，则几近面目可憎了。同为谈性的书，潘光旦译霭理士的《性心理学》，小注全是学问，买一册有读了两本书的充实感。撇开疑古不谈，两相较下，辞质、义理，民国的文章依然居了上风。

黄裳是喜欢论史的，从野史考证野史中人也算是他的创举了。写陈圆圆，拉拉杂杂一文，要与姚雪垠理论，而姚写《李自成》，是演义的路子，参阅资料数倍于成文，是不屑理他的，因为他与古人扯关系的事情做了太多，多是打着“史”的牌子胡说八道；说柳如是的好些，终究也是废话。

海上有钓客

很久以来，李少君诗中的士大夫气息令我着迷。几年前，他提出“草根诗学”一论，引起域内争鸣。时至今日，“草根”一词已辐及了中国社会的各个层面，其影响仍久久未息。

他的“草根诗学”的提出，根植于儒家传统的天下与家国意识，是继“朦胧诗”之后，中国文化最有价值的诗学观点。他诗学观点的实质，是贵族与平民的接壤，是别墅与茅棚的比邻；但，是俯瞰，而绝不是同声同息。

然而，也只有曾乘船南海，远赴南沙群岛的诗人，才能真正抵及一个国家浩渺海面之下的微妙内心。一位偶然的深夜行者，可能会爱上夜空与星辰，沿途的路标与农舍，但只有拥有更远的长途，才能体会到路上每一个陌生人的亲与微。

他诗中的美人与香草、玉石与庭院，和时尚杂志上的缤纷图片迥然不同。他的诗集，每一页都有楚文化独具的瑰丽色彩，又有鲁儒文化的苍生之念；庙堂之高，江湖之远，处处皆忧，却被他一颗傲慢的心，轻轻化解出陶渊明浮舟海上的悠闲境遇。

庄周身居内陆，却有端处昆仑之巅的想象。那么，最好的钓客，或许正是在大海之中，只垂钓小黄鱼煲汤的人。

少女爱好者

我的杂志有个栏目，叫作“寻欢客”，发些弄玉扪香类的文章。灵感直接缘于李樯兄的小说《寻欢》。之前栏目原名“男欢女爱”，许多朋友写稿时，往往就本意延伸开去；男欢与女爱，本是正常事体啊，所以，定义限制之下，也就少了些意外。

读者永远是喜欢看到规矩被破坏的。没有了惊喜，我自己看着也不愉快。李樯兄的这部小说，触动我重新给栏目定位，并换了名称，内容还是男女，但欢爱已然升级，由池内的短暂徜徉，向岸边草地上的任意云雨靠近。温馨小品终成了风生水起的大片。

一个词语的改变，使一个事物陡现生机。何以如此呢？因为这里面有纵容，有自得而略疲倦的狂欢。春来打马是欣然时应，迎风采花是心意阑珊，灯下看美人，则是裎衣寻欢。交颈相吻是夫妻分内，虎踞蛇跗是小妻调笑，九浅一深则多了青楼系马的荡子气息。

李樯兄的小说里，处处可见晶莹剔透的貌美佳人，大腿青春，面容姣好，形象亮丽，阅读的快感此起彼伏。这快感，又与“呻吟派”的小说迥异，他擅长以小姑娘的皮肤来叙述“小娘们儿”的风情。少女爱好者的心思，所带来的自然是极负责任的快感。

这一切，使得对他的阅读，仿若偶遇那后庭花园里的侍花小妾，她有着美妙凹凸的身体，清脆柔媚的话语，滑润肉感的色泽，然而，最牵人肺腑、令人难以抵御的，却是那眼睛中隐隐袭来的、一如暗夜求欢时的执着而深情的粗野。这偶遇，你我寤寐思之。

读《水流花开：南方草木札记》

清朝人的笔记里，野史味道十足。同样说故事，远不如唐宋人端正。涉及岭南，历代笔记中更多猎奇，少有赞美。好在还有几本关于植物的书，大书《植物名实图考》，小著《牡丹谱》，清朝气脉上顿时生了些许光彩。朱兄千华的植物散文，不着意科普，不立意性情，他只是切切地生活于其中，品质似乎更在此类书籍之上。

朱千华散文中的南方，拓展了江南的领域。之前的江南，是苏扬二州，是富春江上下，楠溪江左右。现在，宛然到了岭南；苗疆草木之气息，倏然生发出了江南水流的韵致。一个卓越诗人的随意行走，使得烟火之上有了清浅弥深的古意。且，全书文章四十九篇，篇篇有“她”，我便疑心他有四十九个人，但他情意款款，又让我只能当作是一个人。

在北方冬季的暮晚时分，我多次想起朱千华的岭南。摘苦瓜，嚼槟榔；在甘蔗丛林，围一江南茶桌，无点心，不喝茶，我们吃木瓜。然后，找三五个初中的女生，我们看她们白衫蓝裙，啃甘蔗。看那些被咀嚼后并弃置掉的甘蔗渣！或者，于红豆树下，读会儿芥川龙之介、陀思妥耶夫斯基与茨威格。那该是多么令人按捺不住的事情啊！

月光在山上

我有一个诗歌观点：长诗验证一个诗人的愚蠢等级。读何三坡兄的诗集《灰喜鹊》，几乎全是十行之内的短制，表达得婉转、暧昧又清晰、直接，只言片语之间，山水植物小美人层出不穷，隐约汉风穿行，全部是我想象中的美妙佳构。我由此更坚定了这个想法。

对于平常的耐心之人，微雨一天即可，暴雨半天即可。但对于何三坡，长年累日，哪怕《百年孤独》，他都拥有同样的乐趣，因为他的欢喜在于雨，而不是时日。我太喜欢他那大寂寞的样子了，寡言少语，又与这世间的每番割舍有着无限的大深情。

浅薄、愚蠢之辈对于史诗的认识往往以荷马、但丁为例，限于万言巨著。其实哪里有《诗经》中的中国诗人一样举重若轻。欧洲的史诗，全是浮夸的故事，生硬的叹词，而在商周之际的中国诗句里，到处都是田野一样切实的情感，星辰一样闪烁的朴素场景。

有生民之诗，也有神话之史。但同是美人的赞歌，老欧洲比拟为物质，老中国却化为自然。在何三坡的诗中，他承接的是古典之露，晨雾与薄暮，山泉与院落，我看到月光明媚，清澈绝伦。“鹊鹊其声，有女来临；布裙振振，望山涉水”。他不在两汉，他在先秦。

那么多的雨水

读完旧海棠的诗集《平原上的细雨》，我打算给她写封情书。如果她不愿意，我打算强硬点，带上她，沿着深圳郊区仅有的田埂一直到安徽境内；然后，再自安徽临泉县孟庄自然村一直步行到山东金乡县的周庄村。那么远的行旅，我不信培养不出感情。在孔孟山东，她这样脸大而圆，且眼神温柔、但不温驯的人，非常受欢喜。

她诗里的雨水、村庄、芦苇、小路、树木、晚风和山野，每一幕都是记忆里的伤感场景。在其他写乡村的诗人笔下，会有收割机的声音，连微弱的心的状态，也都是终于收获似的，沾沾自喜的，噪音很大。她就不会，她的心如早晨的田野，气息如檐铃的轻摆。在城市的树荫下，她的侧面，是时间的秒针印刻在河水中卵石上的样子。那是什么样子？

浮云与火焰，被宽阔的暮色处理得绿意盎然，又处处时时显尽白银的柔软。她的身体之内肯定有很多的雨水，但从没有狂风侵袭，没有沼泽地上的掩盖，全是往日的积蓄。雨水落在草木上，落在她的深南大道上，她的孟庄自然村。她好像赌誓要把马尔克斯的村庄，搬到普鲁斯特的拉封丹街 96 号。她在阳台上写信。信中说：邮递员，你不要来。

小林一茶日记

诗人只有在日记里，才能回到生活中。凡文字中赞美过情人的一切，依然是意犹未尽样子的，在生活中大多懒惰不堪；仅仅垂涎于对欢爱的想象者，但假若卧室里偶然兴起，又难说不是个施虐狂人。阅读文人日记里的蛛丝马迹，隐秘的快感，犹如小学生偷窥女教师的卧室，跃跃然复跃跃然。初生的理想主义，亦由此生焉。

最好的诗句，是欲语还休；最佳的生活，是柴米油盐。虚与实的比较，恰是人生两端。散文家的日升日落，到了诗人那里，成了如何分配暮四朝三的想象。如鲁迅诗文，刻薄、讥讽的形容词、副词用尽，甚至标点也恨不得捎带伤上几人，临了记录日记，便只能见得满纸天气及书目。但书目也一样杀人，他提到谁，用什么词，几个字，看着随意，其实都很讲究。若读过《左传》，就会深深了解鲁迅日记的魅力。

日本诗人小林一茶者，诗为俳句，可谓至简矣。然而看他五十四岁时日记中，记录性生活的章节，还要更简一些：

八　晴　菊女　回家　夜五交。

十二　晴　夜三交。

十五　晴　夫妇月见　三交。

十六　晴　三交。

十七　晴　墓谐　夜三交。

十八　晴　夜三交。

十九　晴　三交。

二十　晴　三交。

二十一　晴　四交。

十四天内共“交”30次，每日平均2.14次。以十五日至二十一日这七日计，每日平均3.42次。小林五十二岁新婚，妻子菊女二十六岁。唯恐花落早，时时看春归？分析小林的三四五，对理解他的诗句也多少有些帮助。一是定数，二是合欢，三是极致，四是补课，五就是不满了。如此微妙的心理，不知羡煞多少诗人。

看白居易的诗，“花非花 / 雾非雾 / 夜半来 / 天明去 / 来如春梦几多时 / 去似朝云无觅处”，感觉不是情人，像是妓女。但如果了解了他是三十七岁结婚，才会明白诗句表面的柔情万丈，其实写的是当时的天翻地覆。中国古代文人最擅长的，也是这种藏得隐秘的感觉。看南宋和明清之时的小说与艳情诗，最大的变化就是越来越直白。

直白是个糟糕的文化趋势，就是夜交三次与五次的区别。清末叶德辉整理禁书，常常佐证于日本的典藏。日本关于中国的书籍，除掉政治思想学术一类，最多的也就是这些了，即便春方汇总，也远甚中国。但中国文化毕竟不是它所能理解的。中国人即便拍的优秀三级片也都要架设到古典的环境里去，唯美无处不在，日本则都要发展到暴力与变态。所以，我们看一部日本 AV 影片，一定要看三部以上本土影片，心情才能彻底平息下来。

中国古代心理学研究

《周公解梦》应该是中国最早的心理学作品。其源出宫廷密帏，继播于民间床榻，直接入于实用，远胜西方近现代心理学。如果当时孔子嬉皮一点，估计也会把《周公解梦》好好修订一番，归为《礼》、《易》、《诗》等之后“第七经”。

按敦煌残本的记载显示，古代解梦书籍分类极为科学，天地水火、鸟兽虫鱼、房屋桥梁、河流山川等等，所有细节，无不体现了中国人的志趣。梦见妻子，多与钱财有关；梦见衣服，则多与妻妾有关。小羊温柔倔强，入梦亦佳，一云得好妻佳婢，一云即升官禄。毛发父母所赐，事及深忧与年寿；牙齿通神，则关系父母与近期焦虑。酒肉主健康与百事顺畅与否。

当然疑问也是颇多。诸如，果树主财富，何以枣树就是口舌？水入宅，官位至，水上行歌，却成了凶兆？大水携大吉昌，何以妇人落水沉溺，却是将生贵子？妻子饮酒，吉祥如意，与妻子同饮，却是大凶？可见虽然《周公梦经》是上古之书，仍需俊才详加注解订正，才能够使得我等频频得梦起高楼。

但是最好的梦中景物，还是麒麟与异兽，毕竟孔子夸过，孟子想过，都是上好的大气象。“日所思之，旬月乃过，临寐毕至”。只是我按图索骥有日，为什么它们还不入梦中？不过又求证了几本旧书，说梦见异性阴部也是大的富贵，如果真是这样，恰好最近有些时间，那我发个大心愿，就每隔一日梦见一次吧。

笑而未复

兰花草与《九叶集》

《九叶集》，作者九人。

然人数之众，并不能掩盖风格之夸张、滞重、芜乱、浑浊与复杂（其实是迂）。

即便九人全集，仍不如一句“我从山中来，带得兰花草”。

胡适之美，不在其多样的学术，也不在其幼稚的政治，而在其诗。

清浅，但直达人心深处。

朱生豪的情书

写给妻子宋清如：

“我爱你永远爱不完，愿蚊子不要叮你。”

"你在我脑中的印象一天比一天好。我说不出话来。"

"我将永远永远多么多么的欢喜你。"

他怎么能不贫病交加，怎么能不在 32 岁早逝?

爱国之深

《宋教仁日记》极为可观。

其时间记录方式，采用的是黄帝纪元。爱国直接爱到"开国纪元四千六百零二年"。

同盟会之人，何其壮烈。

八面玲珑

杨宪益 1989 年写了两句打油诗："有烟有酒吾愿足，无官无党一身轻。"

钱钟书闻之，写信说："吾愿足"与"一身轻"不对仗，建议"吾愿足"改为"万事足"。

杨宪益笑而未复。

徐迟与“水晶晶”

徐迟《江南小镇》开篇形容故里的六十六个“水晶晶”，铺天盖地，鲜亮夺目，颇有繁星漫天的感觉。而他的恋爱史也可以这样形容，无数的妙龄少女从他身边呢喃走过。

他的恋爱史，书中只有陈松的一张肖像照片，也只有这张照片配得上“水晶晶”。

肝肠寸断

听京剧《武家坡》，比看舞台表演好。王宝钏和薛平贵所有的唱词、念白，尤其言语转换间，都有抬首相思的意味。其中的抢白与怨指，更是良好的调戏范文。若是看身段、扮相，多少会被分神。故事本身没什么可寻味的，妙绝的是话外的音讯。王宝钏的姿态，被乡间称道的是，她不是拒绝与呵斥，而是讥讽。讥讽是不屑。“无义的强盗骂几声。”“义”在这里成了冰凉之辞。有前面的不屑，方有后面的冰凉。听听话音，便能想得出眉眼情深，诸多版本，唯有张君秋演绎得出。其他众多，不过是主角跑龙套。

尾生抱柱而死，死在一个信字。义在于心，信在然诺。你我约于梁下，你未能如期而至，即是负我。我死在不是愚“信”时刻，而是你使我倍感从此无人可以信任。女人常想的是谁人可付终身。到了尾生这里，却是我将此心付于谁人。此身，与彼心，万千言语，信的背后，不过一句“何以相寄”。正因为人生如飘蓬，每逢君心负我恩，也更见其间的曲折、哀怨。为什么各地凡有座拟人的小山，都爱名之望夫石，而不是望妇石？那给山命名的定然是个男人。这个战战兢兢的名字，处处感觉得到他的可怜。他怕的只是，寄字又见流离。

我常常想，“衣带渐宽终不悔”，如若改编成一幕剧作，无论如何应该是出喜剧。因为每读到“终”字便让人叹息，这“终”字何其坚决。七个字，丝丝相扣，无片刻的犹豫，一滴眼泪也不曾见，根本无那商量的余地。去你妈的不良媒妁，休假言白头偕老，弟弟妹妹，还有爹爹娘亲，你们也休告诉我门当户对。我看重的是船行浅滩溪流时的切切，不是大江汪洋上的缥缈，是人行盘曲山路上的携手，不是过客大道上的寡淡。危楼、天际、草色、烟光、残照、凭栏、憔悴的人。殷殷之心，暗暗潜生，谁敢不说最后是出贪天的喜剧。

但是，这怎么可能。这世间传唱来去的多是悲剧。最好的剧本全部使人落泪。听遍京昆越粤与乱弹，春心杀人，秋意杀人，冬寒杀人，夏季的罗裙也杀人。且不讲乌头野葛、鸩羽砒霜，只看信笺红绞、阁楼垂望，步步皆是惊心爱恋。让相思的人死不相见，使相见的人不得好死。悲剧最容易形成。民初的西学东渐，只是希腊的气质在传承的世俗结局轻轻点睛。勿轻言啊，勿放弃。看徐志摩机毁人亡，陆小曼随即与伶人花少翁瑞午同居，临老又楷书《矛盾论》。多么清晰的剧本结构。这流水性情与风尘气息，也可传千古。

浅艳之宠

本是去书店买《唐诗汇评》的，却买了本吴佩慈的写真集回来。仔仔细细看了若干遍，莫名生来的读晚唐诗歌的香靡之感萦绕于心，久久不散。唐诗里软、暖、浮、艳、鲜的东西，我都是十分喜欢的。崔颢的“妾住在横塘”、“十五嫁王昌”，李商隐的“青楼扑酒旗”、“背面秋千下”，杜牧的“歌吹是扬州”，陈陶的“春闺梦里人”等等，也都是聊以解忧去馋的良方。但比较下来，还是吴佩慈写真里玲珑剔透、若隐若现的模样，更为直接、透彻、亮眼、醒神、好看。

任何让人琢磨半天才明白其中玄密的东西，其价值肯定是要大打折扣的。韩国影片近年来的气盛，除却技术之外的因素，意识表述上的自然、清新、少伪饰，也是最为关键的一环。诸如《丑闻：朝鲜男女相悦之事》一类的纯娱乐影片，到了陈凯歌手中，不弄出点深刻的含义，他是定然不会善罢甘休的。这也就如现今的港台电影女星里，钟丽缇、林熙蕾是公认没有演技的角儿，然玉体横陈处，瞬间足可得宠天下。但苛求些说，少了昔日如火如荼的三级片市场，香港影业实在乏善可陈。

看过蔡澜写饮食的专栏，再看蔡澜担任制片的《灯草和尚》、《聊斋艳谭》等R级电影，但印象最深的还是偶然看到的他于香港电视某频道主持的一个夜话栏目存档，涎水过处，常常涉及当红女星的三围与家史。话题的自由、坦率、无碍，私下很是羡慕。难眠之际，就一直想，如果国内哪家开明的电视台有兴趣做一档类似的夜话栏目，邀请我主持，我绝对敬业卖力，并在不久找个公开的机会，无论如何——哪怕是被责流氓赖皮——都要和吴佩慈小姐搭上一茬："碧姬·芭铎小姐，有时间一起喝茶?"

观郭碧婷影集

我见过最精致的盘子，没有见过这样平的胸。但这样好的盘子，只是看看她锦绣的纹路，听听她兰花的质地，就会忘掉了她的器型是否深凹，是否延展。即便她是一枚镜子，也没有无赖的异想，仍然当她是喝汤点菜的餐具。彩云浮动，似有匀息，谁管她的好胸围？

即便是一册最好的诗文集，也抵不过一册美人的写真。如果有本诗文集实在耐寻味，每年冬日都要细读以取暖，也抵不过一册当年最好年华的美人的日记。如果这本诗文集有山水的韵致，也抵不过一册美人在山间的散步。

人间难有如此好平胸。整整一个冬日，除了上古典籍，与潮流新闻，什么也都难以令我分神。我把美人们的写真当作古籍的注解，看她们的眼睛，揣度她们的心。她们的心变幻不已，她们的美如猛兽出山林。过了大寒，便是立春，这世事呵，转眼也就成了叹息。

养　鹤

去北魏的路怎么走？通过一百二十四卷《魏书》，还是一副《北朝史地图览》？看《齐民要术》便捷，还是读《水经注》曲致？对于书家王维亚，无须郊外听诵《折杨柳歌词》，不必塔下校读《洛阳伽蓝记》，一通北魏刻石，就简直抵达了北魏的都城。

在其《镌刻石头》一书中，魏碑透射出云冈与龙门一样的魅力。而且，相比摩崖石刻唯有仰视方可触及的气息，耀州魏碑之上的天空更为切实，不缥缈。同是石头的质地，佛像与碑文呈现的恰是人生的两极，无碍与框定，尘世与云端。

然而，他对魏碑的解读，最大的特点已不是视野的通博，也不是笔意之间浓郁的诗意，而是通过对《广武将军碑》（368 年）、《魏文郎造像碑》（424 年）、《杨缦黑造像碑》（500 年）、《郭鲁胜造像碑》（515 年）、《锜石珍造像碑》（520 年）、《仇臣生造像碑》（524 年）、《毛遐造像碑》（535 年）等耀州碑林重要藏碑的描述，勾勒出了北朝人韧拙、纵意的性格图册。

书家对碑文中所体现的往日场景的把握，远非其他领域人士所能抵及。面对一通碑文，考古学家分析的是落款与形制，文化学者看重的是内文与时局，但书家反复临摹的是它的笔迹与笔意。点横、撇捺，疏密、虚实之间，书家深入的是一个人和时代的内心。

但书法家王维亚的内心，并不在其着墨甚多的《姚伯多兄弟造像碑》。虽然此碑具有北朝独具的温婉行韵与草意，却远不如《汉石门颂》的仙气弥漫。他一心独爱的应是意在让康有为开眼的《邑子七十人造像碑》。此碑萧散、苍豁、傲慢，亭然如鹤在野。

于书家而言，字是丛林，游鱼布列在下，白云掩映其上，逸气内中八方飘宕。读其书，观其字，维亚老师字中气韵亦是如此，如檀树在园、峰上云出，使得我于北魏心中顿生大羡慕，便是北朝云冈，南礼龙门，西去天水麦积山，东行再至巩义希玄寺。

希玄寺有摩崖石窟，镌刻帝后礼佛图，皇家气派贯通中原。届时，我要闻讯佛陀与帝后：自此西行千里，耀州有碑林，北魏之鹤，时鸣在侧。

情色诗全集索引

在许多青年诗人与咖啡馆女服务生的词语中，潘维是江南的代名词。

自二十年前《不设防的孤寂》之始，诗人们阳春三月骑鹤而去的便已是杭州，而再非古代鹤林分布密集的扬州。待到《隋朝石棺内的女孩》，壬午末止，潘维之旗帜，已焕然整体氲染成了酡粉之色。众地高明，雪夜也不仅是再与其雪日看赏隋唐之梅花，而是揽肩与共，大嚼无香而夺目的艳丽之海棠。

潘维唤起了民国之后当代江南风物在两宋之时的记忆，发展了“淫荡”一词的领域，予色系与声谱里注入了柔、艳、丰、腴的成分，把琵琶、扬琴做成了宫女的容颜，将水墨山水泼出了内衣与床帷。他在沉灰的钢筋水泥大厦中加入蓝天之水，在冰冷的冬日钱塘江水中，又加入了妩媚的暧昧温度。

晚唐之季的暖玉温香，北宋汴河中的鹅脸琴曲，明代应天府周近的六朝遗风，清末沪上港口中维多利亚女王的红茶咖啡：潘维不着长衫，不折纸扇，不焚香；他西装革履格子衬衣，品红酒、饮白酒、灌黄酒、闻绿酒，酒酒必醉，醉则必卧美人膝上。纵然美人心旌摇曳，潘维之发光依然可鉴。

你看裙上风光，他等裙下风波。波德莱尔的恶之花，浙上杭州的潘维之“婚床”。

山西宫殿

诗人唐晋的《玄奘》一书，是继唐朝窥基注疏之后，关于三藏法师玄奘学术思想最好的虚构性叙述。

唐晋的优异之处，首先是其对印度古典哲学思想尤其是佛学经典的理解，是以透彻的中国诗礼文化的脉络为底线。仅此一点，即非那些或了解两汉至唐的西域沿革史，或擅解中、印佛教各宗，或尤通唯识精义，甚或谙习若干梵语与巴利文印度、锡兰地志者所能企及。

大乘佛学与中国古代士人的儒家情怀，有微妙而豁然的相通之处。只有具有浓烈的悲观情怀，与雍容得度的华丽社会理想的卓越诗人，才有可能生发、顺延、照耀出此中微意。唐晋选择玄奘法师这一主题，我敬慕的是其隐身世间的高士之心。

《玄奘》一书的另一个阅读线索，当然是《大唐西域记》。《大唐西域记》的枯燥笔法，让人迷恋不已。城广多少里，西去多少里，此国王为谁，彼城僧众几何。如此等等，就像面对一幅缩略的古代地图，唐晋却予之标识出了云行雨施的全息气象图。

在干燥到枯萎乃至灰烬的景致里，发现无穷无尽的柔情蜜意。唐晋美学的侧面，也再现在其网络日志上。虽然他的栏目设置呈现唐长安城的格局，但仍然能映衬出他对法国二三十年代文学、艺术的迷恋，对巴黎社会中马车、醇酒、美妇的爱慕。

其诗长于辉煌长句与斑斓幻想。先读《月壤》，再读《金樽》，可明晰体味到唐晋之宫廷内部的喧哗与涌动，也可以真实触摸到其全力铺就的青铜与瓷器错落有致的鲜亮阶坻。与之而来的迷醉感，伴随着炫目的光彩，更是此起彼伏。

这样的一个诗人唐晋，假如有人说他闻下女人即知归属植物园中何木何香，看下瓜果即知当时种子埋藏之深浅，我丝毫不感觉到奇怪。

长江有象

韩少君的诗集《洗浴过的工人阶级》——

有劫匪气，有鱼鳞气，有山寨烟霭气，有雷雨过后的泥洼水尘气，有山谷深处的豪猪在啃过的松树上的蹭痒气，有把洋葱泡烂的烈酒气，有直径十厘米的钢筋铁锈气，有初春的萝卜缨子气，有桃树下的牛粪气，有肥皂气，有用过二十年的淘米水气，有盐水八角卤肉气，有水泥下面腐烂的泥土气，有虎牙妹嚼过的口香糖气，有 2×3.5 米的农业机械气，有屠夫家的硫黄气，有隧道暗河气，有啄木鸟用嘴巴干出来的木屑气，有野禽气，有烈日曝晒的花瓣气，有女护士裙子下的面包气，有大象吃撑了时的饱嗝气，有鲸鱼吐泡泡时的鼻涕气。

显然！他的诗是坐在火车上写的，是在飞机上喝着奶写的，是用沙漠的荆棘写的，是在石油桶上抽着烟写的，是穿着绸大褂看着西门庆府中葡萄架下的小潘写的，是喝完鹿血、吃完醉虾和蚂蚁、听着蟋蟀写的，是强抢民女后写的，是用拍死过一万只牛虻的牛尾巴写的，是在老樟树上倒挂着金钩写的，是躺在双人床上写的，是在女俑的脚心写的，是打完铁在砧板上写的，是在乡村卫生所的药方笺上写的，是左手擎着李玉和的信号灯右手挥着红旗用生殖器写的，是用童子尿写的，是在暴雨打乱的窗外花坛上写的，是在变压器旁边用闪电写的，是用炸药在荆门炼油厂的墙壁上写的。

所以，他是那个脖子上挂着春药和砂锅，腰带上别着榔头和野百合，在长江水面上用雷管点爆竹炸扬子鳄喝酒还要上岸搞掉卓文君的人。

春烟小集

中年与马

陈岱孙在《文稿拾零》中，说自己的青年时代是到三十七岁结束的。我却是三十岁就早早结束了。所以，看他在《忆老友周培源》中写：在西南联大时，周老住西山山麓，养了一匹马代步，每逢上课之日，则骑马以往。神往之至。

“且读夫诗”

任伟《西周封国考疑》，其中一章论证西周之鲁地，有“笔者认为《诗经》、《左传》的成书年代要早于《史记》，因此其可信性要相对高一些”一句。

“因为”是孔子的，不是“笔者”的；“所以”是历代学者的，不是“要相对”的。糊涂乃尔。

判断不仅了无价值，却添众生无益之烦恼。朱凤瀚老高名，题叙何以草率如此？

乾嘉学风

徐清祥、王国炎二位著《欧阳竞无评传》，常识破绽百出不论，语言晦涩难续不论，逻辑混乱不堪不论，有辱临川宜黄不论。那么，只看二位书中提到的“乾嘉学风”，他们说这些仅是为了自取其辱吗？

然而，读一本不堪入目之书，并借此大放厥词，可悲亦可耻。

知天命

陈梦家《殷墟卜辞综述》，谈及商周祭祀制度的变迁，祭祀仪范、祭牲种类可谓详矣备矣。有个结论认为，此时祖先崇拜胜过了天神崇拜。这怎么可能呢？

首先祭祀也不是崇拜，而是对话。其次，对“天神”不了解，有误解，才会有“崇拜祖先”之说。既然已研究到甲骨文，便应该明白甲骨文中的信息，来自人对天、地的理解。

祭祀乃是人以文字产生的源初形式，与祖先、天地通信。

《印度农业地理》

以《印度农业地理》一书的记载来分析，佛陀在中国之所以生活很好，饮食习惯大致一样极为重要。也许比身居“身毒”更舒适，更丰富。

但“舒适”与“丰富”，于佛陀有什么关系？“更”字又多么可笑。也许可以可惜佛陀没有品过中国的茶叶。但佛陀法身遍布，需要禅茶吗？钝根之器，名目繁多。

《师友杂忆》

在钱穆《师友杂忆》中，出现最多的是顾颉刚，其次是陈寅恪，然后是蒋委员长。

前者是他从中学入教大学的贵人，不敢忘怀，所以少非议；其二，钱穆凡著作受指责，便引陈氏转述，说谁谁议论他如何，论及闻一多处，俨然成了一好背后议人是非的小丑。

至于蒋介石，“书生报国”之心，儒家传统。但以钱氏毕生著述，无不以政治得失、思想通辨为心，但以其后半生对家国的判断，“得”“失”毋论，哪里有“通”与“辨”？

雪域求法

邢肃芝十六岁之时，因缘具足，得以亲近太虚法师。二十一岁，效玄奘西行印度，孤身入藏区求密法。历尽波折，受密法灌顶六百多，最终得到拉然巴格西学位后，回内地结婚、生子。所求何法？民国佛教，为什么会有如此悬殊之侧重？

作者居藏区后期，做拉萨小学校长，与普通教员工资类同，甚至倍于内地大学教员。其时，内地经济凋敝，民生多艰。纵以政府借小学为治理边疆之前探，那么作者所献数策，苛刻言之，可谓卖国。

不读儒家，休妄论天下；不读诗，何不一言不发。

表妹在花园里

你的世界不在了

亚马逊的图书销售排行榜，是我最爱阅读的信息之一。

在几年前，榜单里会有一部甚至几部诗集，然后是诗意的儿童小说。今年马上就要过去半个月了，而榜单上还没有一本诗集，老位置上只有奥斯汀与柯南道尔；其实去年的最后一个季度，也已经没有诗集的影子了。我想，原版《圣经》还在前二十名内，那就算是诗还在吧。

世界的变化，真有这样大吗？

《史努比全集》

迄今我看得最漫长的书是《史努比全集》。自 2004 年开始，直到去年十月才看完。

一套书的阅读跨越八年，我读得耐心、欢乐又紧张；虽然舍不得，就像面对一罐蜂蜜又一听糖，但还是很遗憾地读完了。读完最后一页的那个晚上，我静静地坐了很久，想了许许多多的往事。很少有一本书使我思考这样多；这只伟大的小狗很大程度上改变了我的性格，影响了我的世界观、人生观。

我把它与加菲猫看作是“美国的老子与孔子”，它们的言行组成了《道德经》与《论语》，价值超过了《论美国的民主》。

卞之琳的情诗

了解了一部作品的幕后，有助于理解作品本身。

怀着这样的心思，读了《卞之琳集》再读卞之琳年谱，虽有所防备，也仍不管用。

卞之琳的诗歌代表作，《断章》、《无题》、《鱼化石》、《一城雨》、《淘气》、《雨同我》等，全部是写给张充和的。而张充和称之“不深沉”、“爱卖弄”，就从此改变了诗人的轨迹。

但卞之琳有多执拗呢？他23岁遇见张充和，45岁与文怀沙的前妻结婚，90岁去世。去世后下葬的次日，香港学者张曼仪与卞之琳女儿青乔遵嘱，将其1937手抄献给张充和的一卷诗《装饰集》送到了现代文学馆。

他的每本文集之前，都有一张1936年他与张充和同游苏州天平山的合影。

旧诗集

贬低胡适白话诗的人多了，就不再与其争论，任随他们陷入蠢笨。

有次去诗人吕刚家，看他珍藏了一套32开的民国诗人的小书。便一起赞赏了很久胡适、戴望舒、宗白华等人。我还背诵了一小节胡适的诗“我从山中来，带得兰花草。种在小园中，希望开花好”（《尝试集·希望》，1920年）。现在的诗人，有几个能够品味这样简单的诗句?

也许他们本生在西汉末年。有当时的果敢才有今日的轻简。

表妹在花园里

与《聊斋志异》同类的书籍众多，但如果把其他书籍和《阅微草堂笔记》、《太平广记》、《萤窗异草》放在一层书架上，总觉得很不协调，侮辱了蒲松龄。

《阅微草堂笔记》是古旧铜钱色的，《太平广记》是芦苇里夹杂着鹅毛，《萤窗异草》则是一角破烂席子。往前推推，《玄怪录》有破落殿宇的气味儿，《搜神记》却很不凡，放在哪里，哪里便瞬间有了矿山与风炉的声响，至于《容斋随笔》，它在哪儿，哪儿就是倒了味儿的装醋的酒坛子。

《聊斋志异》呢？好像你与妻子在书房，表妹却在后花园里。

土生土长

嘉年华

我十七岁那年在做什么呢？

我十六岁的一个早晨，出门远行，乘了几个小时的汽车，中午到了那个城市。然后与一个学画画的同学，在小饭店吃完饭，去爬山。我们从后山上去，当时是黄昏，石阶上的苔藓，看上去像清晰鲜亮的裙边。我在山顶的石头上坐下来，看着夕阳里的城市楼群，突然想起她来，想如果此时她坐在我旁边，该有多好啊。

我回学校后，从此感觉她是有色彩的了。橙子的色泽，绿树掩映间阳光的色泽。她是那么简单，不起眼，走路时轻微得没有脚步声。她经过我身边时，我用心嗅着她身上的气息，少女的静谧和清香。那裙子的窸窣，是水流在石头上瞌睡，是雨滴掠过叶面，轻轻挑动我的心。

有个下雨的傍晚，她的弟弟穿着雨衣，骑自行车，拿着雨伞来接她。她在走出教室门口的刹那，回头看了一眼。她是想把伞借给我吗？我的脚当时生根了吗？我的声音消失了吗？我一言未发，我难道喜欢她那欲言又止的眼神？

她在读课文吗？“……此地有崇山峻岭，茂林修竹；又有清流激湍，映带左右。引以为流觞曲水，列坐其次，虽无丝竹管弦之盛，一觞一咏，亦足以畅叙幽情。是日也，天朗气清，惠风和畅。仰观宇宙之大，俯察品类之盛，所以游目骋怀，足以极视听之娱，信可乐也……”

她的嘴唇润泽，几乎看不出翕动；而睫毛长长的，忽闪着，好像是她在替嘴唇读书。她那天打我面前走过时，我为什么不拉一拉她的手呢？她的手指像她的面孔一样秀美。她会让我抚摸她的裙子吗？或者微微触摸一下她的嘴唇？她的嘴唇是柔软的吗？是甜甜的吗？我只是朦胧记得她迷蒙淡雅的侧面。

毕业的合影里没有我。我在另一个城市，给她打过两次电话，是她的妈妈和弟弟接的。我为什么没有说我是谁呢？为什么没有留下我的电话呢？为什么没有打第三次呢？她多年后，在窗前整理往昔的记忆时，她的记忆里，是否也会有我的容颜？

我是多么希望，许多年后她还能想起我啊。虽然，我始终没有与她说过一句话。

向日葵等

我的武功

我骑车载着我妈，经过王楼北面的田地时，看到有个人把自行车停在路旁，坐在一块草丛上休息，赤着脚，鞋子放在一边。或许有什么细的枝丫穿过凉鞋，刺着了他。我妈指着一侧的砖窑厂说，有一年我和你爸吵架，晚上领着你姐和你，去你外婆家，到这儿时你累得突然哭起来，我和你姐轮换着才把你抱到的。我姐比我大四岁。现在，我和她闹别扭时，她每次都说，小时候谁谁欺负你，我都是赶过去，把人家提起来扔一边上。

我上学之后，特别喜欢读书，见个纸片也要看看上面写了什么。我姐那时已经写了许多本日记，我常常找出来翻看，有的还用铅笔画上线。我姐也就经常揍我。外公的书都是演义小说，《杨家将》只有上册，后面的穆桂英挂帅都是听戏才知道的。我小姨那时订了《电影画刊》，小舅订了《武当》，每次去他们家都把我高兴坏了，翻来翻去，都不知道该偷哪本。前几天，我整理书架，发现一本八几年版的《少林三十六棍》，居然还带在身边。

我是练过铁砂掌的啊。还练过一段时间铁头功，把脑袋往装粮食的袋子上使劲顶。但我姐老叫了她的同学到我家，逼我给她们唱戏听。和武术比起来，我更喜欢戏曲些，现在别说戏曲了，我连个一指禅、二指禅甚至点穴都不会，却在写东西，我姐要负很大责任。我姐说，你小时候老拿个扇子乱摆着唱“哪里不平哪有我”，全家都怕你长大了当和尚。我说，我还攒钱买《霍元甲》连环画呢，你们怎么不想着我将来会是一代武林宗师呀。

向日葵等

我家种过几亩地的向日葵，好像也没有怎样去卖过。每逢放电影，我妈就炒上好多，让我去卖。一毛钱一碗。记得有次放黄梅戏电影《三笑》，卖得最多，放《五朵金花》时也卖了不少。有两个和我一般大小的女孩子，还去过我家里来买。她俩是我家附近长得最好看的两个女孩，在班上时，我从来不敢和她们说话。我把她俩领到厢房里，她俩一人抓了一点儿，嗑了会儿说：“嗯，就是好吃。”于是，我多给了她俩一碗。

但是之后，她俩离我还是很远。我想了种种办法，也找不到办法和她俩再说话。最后，我无奈极了，便想着，以后你俩总要再来我家买葵花籽吧？但她俩一直没有再来。我就埋怨我妈，说是她炒得不好。我姐就训我：“敢说咱妈瓜子炒得不好，那你还四个兜里都装得满满的!”我姐不知道，其实我在外套里面还缝了一个兜，也装满了葵花籽。我想，如果哪天我在路上遇到了她俩，也可以主动给她们啊。当然，我没有给，我是那么小气。

她们中的一个圆脸的，扎的辫子特别好，我最喜欢她。另一个是鹅蛋脸，辫子也很长，我第二喜欢她。但我还是经常为选择发愁，如果结婚，我要先娶哪个呢?如果我长大后还是只能娶一个的话，我该怎么办呢?那就让鹅蛋脸的那个女孩子越长越丑吧。我给自己找到退路后，很是高兴了一阵子。可是那个圆脸的女孩子好像很瞧不上我，读初一时，她就和我一个同学谈恋爱了。许多同学还传着他们偷偷亲嘴的事。我听到后，伤心死了。

我去捕蚂蚱

外婆家靠河很近。沿着河堤去田地，是条近路。河堤上绿荫蔽地，可以暂且把草帽取下，彻底透透风。前些天的暴雨，使河水漫上来，淹没了河滩上的小树。太危险了，舅舅不让我下水嬉玩。河堤上的树丛间种着红薯，枝蔓领着大叶子在地上爬得顺顺滑滑而又自然。窄小的土路一侧是排排蓊郁的白杨。路上有许多从树上掉下来的毛毛虫。有好长时间，毛毛虫和大豆叶子上的大青虫，我分不清楚哪个能变成蝴蝶。

从田里返回时，有时会折些尚青涩而饱满的青豆，带回去用盐水煮了吃。玉米我不太爱吃，觉得啃起来整个脸都在为之使劲，特别累人。有一次玉米穗子还青，我掐掐颗粒，看是否还可以掰下煮着吃，却掐到了一个虫子，真把我闹心坏了。但我特别喜欢收玉米的时候，喜欢那些砍倒了的玉米棵，它们散散地堆放在地上。脚一碰，呼啦啦响，小的、大的蚂蚱跳个慌乱。我右膝盖旁有个疤痕，就是小时候捉蚂蚱时跌倒留下的。

我还喜欢摘棉花。早晨露水很重，田里人不太多，棉花需要到接近中午，露水轻了，才能去摘。我老把枯黄的棉花叶子弄碎，沾得棉花上全是碎屑。我舅妈说："你给我在田埂上老老实实地站好，要么就回去给你家自己摘!"给我家自己摘？我那么差的手艺，我家的棉花还卖给谁啊。我是来给你家帮忙的！我在棉花地里爬，摘了许多青硬的桃子，站到田埂上，瞄准，掷远处的一棵树。我舅对我舅妈说，你真的没有带绳子吗？

乱木头边

我家院子里有棵枣树，我爸说和他年纪差不多大。但我看最多和我年纪差不多。外婆家院子里的那棵枣树才真叫大，有一百岁的样子了，每年能结一布袋子枣，个头非常喜人，有的都像小的核桃了。春节做馍，端午包粽子都不用买枣。离枣树不远是表弟的小花园，种了五六种花，有棵小的柿子树，只结了一个柿子，已经把它给坠歪了，用绳子拉着系在狗窝上。大黑狗很漂亮，我连续喂了它两天，摸摸它的脑袋，它还呜呜地要咬我，真是伤我的心。

院门口旁的水井边上，有几棵葡萄树，有两三岁了，搭了架子。旁边是一棵很高的无花果树。葡萄架的下面是个水井，每次压井打水，都能让我想起炎夏时葡萄的甘甜来。院子里，还有一口水井。只是那口井很奇怪，或许是用了太久了，水苦而重，很不好吃，但因为上水比葡萄架下的那个简便，就没有封上，洗衣服什么的时候用。我把大黑狗的水倒掉，换上这个不好喝的，它嗅嗅，甩甩耳朵走了。人心不古啊，它走路的样子似乎在说话。

黑猫在一堆乱木头上睡觉，脑袋拧着，抱着尾巴，看着怪怪的，也不懂它怎么能睡得下去。有只刚满月的花猫，不知谁家的，每天都来蹭饭。它长得太难看了，让人不得不给它些吃的。我家养过好几只猫，养得最久的也是只黑猫。它特别乖，聪明，也特别能生小猫，一窝一窝又一窝，眼看着七八年过去，它老了，待它再生小猫，就留了一只给它做伴。但太可恶了，这个小猫长大后，每次吃饭都要它先吃，我姐一脚把它踢到了门外面。

野菊花开

有一年夏末，村里来了收野菊花的。说是一味中药。两毛钱一斤吧？我妈带着我姐，沿着沟渠，从我家一路摘到十几里地远的外婆家附近，再摘到我二姨家周围。二姨家离临县很近了。或许时间太长了吧，几天后，我妈和我姐回来时，收野菊花的已经走了。那摘来的野菊花干了后，还有十几斤重，我妈把它挂在厢房的梁头上。每逢雨天过去，我妈怕它发霉，时常摊开了晒晒，再重新放置好。这样过了好多年。

我从心里喜欢那些微小的事物，喜欢亲近它们，想和它们说话。以前，我家院子里种了几株夹竹桃，待花朵开得红艳艳时，我妈摘上一些，放碗底捣成泥状，用几片叶子给我姐包红指甲。一般是晚上包好，第二天早晨拆开。我喜欢摘夹竹桃的果实，两头椭圆，用手轻轻一捻，里面藏着的细小的种子便跳了出来。我把它们撒在院子里的每个角落，除去那些被麻雀和鸡鸭寻着的，第二年依然能存下许多。我姐就常常把脚趾甲也染成红的。

转眼二十几年过去了。我姐出嫁了多年。我妈耳朵也越来越不好使了，但还是喜欢说话，说得许多不爱说话的人，几天见不到我妈就来我家找她。我姐来济南看我妈，说许多老家的邻居问我妈在外地有没有人说话。我妈说，这附近我都认识好多人了。现在是农历八月下旬，我妈说，七月整八月半，蚊子漫天转，虽然多，却也不如六七月的蚊子叮人厉害。她能说出许多这样的谚语，但从来没有再说起那年摘野菊花的事来。她不说，我记得。

慢车上的旅程

我是什么时候开始喜欢上乘坐慢车的呢?

在我二十岁以前，那时的火车恨不得在每个小村庄都停上一会儿。我每每都急得不知道做什么好，只好吃东西，往往是车行未半，带的食物都已经吃完。

我二十一岁那年，有一次去一个小县采访。那个县城在秦岭山区，我先是沿汉江乘船到的，事情忙完后才发现这个县城里有火车。我和朋友索性坐火车又去了邻县。

真是意外，还有许多空位置。我找个靠窗口的位子坐下，翻一本杂志。车行很慢，行至山间密林丛中时，不时有树叶子扫到我的胳膊和我的脸。有时，还能看到大的鸟振翅，扑啦啦飞起。

我应该是在这一年开始喜欢火车的，无论它的快慢，不计它的新旧。我还因此喜欢上每一个寂静的站台，晨光初现也好，黄昏降临也好，夜深人静也是别样美妙。

多么让人不安啊。一个热爱喧嚣的人，是如此热爱一段慢车上的旅程。

今年夏天我们比赛吃西瓜吧

老鱼好：

《时间与记忆》已经收到多日，今天凌晨两点开始看，五点左右就看完了。想起很多事情。我喜欢安徽的许多地方，宣城、合肥、滁州、桐城、安庆，有几个地方去过，更多的地方因文字我一直想望着；现在，因为你这本书，我又喜欢上了宿州和寿州，还有灵璧县。我想我都会去看一看。我喜欢这本书里平静的心。

如果今年春天能够成行，我会先去虞姬墓。这个我和一个朋友说过。我几年前看《霸王别姬》，想“虞兮虞兮奈若何”应该是项羽的情书。无论是历史还是戏曲里面，他待虞姬都说不上如何深情用心，但当他身临垓下、命系一念时，他可以说出的名字却是虞姬。他少说了爱字，一个“奈若何”却足以使虞姬为之舍命相随。因为她没有想到自己在项羽心中的位置如此之高。她是如此喜欢他的表白。

我喜欢那种清晰决绝的人。决绝不仅是伤感的词语，它还是一个人生活的态度，一以贯之。就像一个爱吃榆钱的人，他看到榆树抽芽就开始微笑，他保持着这个微笑的习惯，随时间过隙，随记忆泛出照片的黄。然后，住乡村旅社，听老歌，看麦田，看秋虫入窗，想念草屋和老宅，偶尔也遐想陌上罗敷的杏黄裙裾，和她的堕马髻。我就不会遐想，我老是胡想，如果我读罗敷，可能不一会儿就口水连连。太差劲了。

我去年春天有段时间也很想吃榆钱，但当时已经是槐花的时候了，我在楼下的槐树上折了一小枝子槐花，拿给我妈看。我还买了一些荠菜，我和我妈一样爱吃诸如这般的野菜，还有桑葚一样的果实。读小学时，我常常课间跑到离学校很远的那棵桑树上摘桑葚，有的才发红，酸酸的就吃了。在济南时，我也买过桑葚，紫紫的，要烂掉的样子，我妈说："买得太多了，怎么吃得完。"我买东西，常这样贪多。

老鱼你好像是砀山人。我对砀山的印象，主要来自乘火车的经历，火车经过商丘、砀山、徐州，会经常上来许多卖梨的人，他们都说是砀山的梨。我就买上一些，我喜欢砀山梨。它不像烟台梨那样夸张的甜和大，它朴素、自然、亲切，还便宜。便宜现在好像成了它的缺点，我有次看新闻，好像说砀山梨积存难销，我很难受，我想不明白真正质朴的果子怎么会没有人要。如果我做水果银耳羹，梨的话我就用砀山的。甜得天然。

我生活中时时乱说话，但我喜欢质朴的人。你养的狗叫黑子，那它肯定是黑色的了，我现在也有条狗，叫土豆，因为它才来的那天我买了土豆。就这样简单。就像我早晨醒来想的是豆浆油条，而不是牛奶面包，就像一个人吃饭，爱用的是矮腿小桌、小条凳。那么随意真实。缸帖子是什么样子？马蹄酥我知道，有年我去凤阳吃过一次。凤阳还有一段老城墙，有些地方颓毁了，也没有修，我爬上去，四下里乱看了好久。

蚌埠好像也有卖马蹄酥的，那儿的街边柳树也很多。我也喜欢柳树，我看到它老想起柳敬亭说书来，他们好像没有什么关系吧？我约莫记得有张版画是这样的，在一棵柳树下，男男女女好多人围着一个说书的。拉魂腔是什么样的一种唱法？是接近秦腔，还是四平调？有哪些剧目？还有没有演出？有没有名角？我的直觉是它不可能像黄梅戏。还有，每年的桃花笔会里，有没有听戏的安排？我得想办法，挤进去玩一次。

我的许多想法都是这样极俗气的，不像你的几个朋友，都有些逸气。像乾元，我觉得他有些像陈洪绶，只是画风不像。他给你做的封面和封底两张画，山如馒头，石碾似杯盏，房屋门窗，大而洞开，一看就知道是个快乐、乐观的人；他画的山水，小舟有船的身子，远柳而傍山，猜测其性格，应该是很固执的。哪天我去，也不知道能否讨个尺幅小画来。沈天鸿、黄玲君，你在书里提了好几次，我忍不住要问："黄玲君长得好看吗？"

哈。我不能再说话了。我这个人说多了就露出很多缺点。总之，很高兴读到你这本集子，让我好好地想了许多事情，很多失去的时间似乎都找了回来，很多不愉快的记忆也似乎可以有了另外的解释。这几年，我一直想使自己的心平静下来，然后耐心地去做些什么，但总是不能够。但我现在看到了一个平静的人。我很高兴。老鱼，今年夏天我们比赛吃西瓜吧。

论雏鸡

去山里吃饭，最好的菜还是鸡。其次是菇类。青菜虽好，但自然的气息太重，如果平时吃饭不讲究，脏腑就会不争气。所以，进山的首几日，还是要以肉食为主，然后渐渐地去尝试吃蔬菜。

吃鸡当然是雏鸡第一。有食谱说，煲汤需老母鸡。这真是个天真的愚蠢话。老母鸡那副痴呆模样，怎可能煲出好汤。还有人说公鸡最能为靓汤，我一听就恨不得翻脸。公鸡整日自以为是地忙里忙外，恋爱小母鸡，每日下午冠髯都不气派了，还好喝汤？肉都是酸而木的。

但公鸡长至百日左右，处境还是很危险的。这时它傲慢又无知，一来个厨师，便先站出来。厨师一见小公鸡，往往就暗笑一声。此时的它，肉嫩鲜，气上扬，多单纯啊。对于这种事情，它要坚持再长大两个月，才明白一点道理。届时，它则比谁都积极了，逢见个人就跳飞到母鸡的后面。不过，这时厨师已经不喜欢越来越粗纤维的它了。

小母鸡自然最佳。小母鸡懒散且勤快，喜欢别人发现的虫子。

凡是那些公鸡想去的地方，不到万不得已，它肯定不会去；凡是烂木头多的地方，它最喜欢。有时它也去菜地里，刨碎几颗、几株，替主人查看青菜里面有没有虫子。也许它是检查，将来与它一起在锅里的会是些什么。它与小公鸡有同样的心，只是它的肉细嫩、平滑、不冲动。

菇类是山中第二的菜，以它配小母鸡炒菜，简直太好了。很多地方爱以土豆配鸡来烩，都是从时间上选择的，不需要多心配菜入锅后的状况：这是懒人的判断。还有人用茄子配菜，也是良好的方法，但放入的时机不好掌握。不过，想吃好菜，怎么能怕耽搁工夫呢?

有山泉的地方，小鸡还要更好吃些。山里的人，却更喜欢打野鸡，似乎味道更鲜美。以我的观察，野鸡都很辛苦，所以罕见肥胖的，都是细细的腿，小小的胸。然而，即便小的野鸡，味道却与老鸡一样，有着似乎更绵远的香。那就也不放过吧。

你那里有没有打雷

周公度，你那里有没有打雷?

我说，我这里上周打雷了。

那天傍晚，先是风很大，我喜欢那种被风吹的感觉。我站在厨房的窗口，看窗外的无花果树被风吹得枝丫摇摆。土豆把爪子放在做饭的桌子上，它侧着耳朵，对着风声大叫。

风是有声音的。那么，风也应该是有影子的了。土豆肯定看到了风。它的尾巴很警觉地竖着，脊上的毛也竖起来。它很勇敢，很有耐心，它的叫声让我喜欢这个有风的傍晚。

但也有闪电啊。土豆看到闪电后，一下子躲到了我的后面。它把嘴巴藏到我的裤腿间。我可以感觉得到它的口水濡湿了我的裤子。我也害怕闪电，我关上窗户后，对土豆说，风里有沙子。

我应该也喜欢闪电啊。可是我家里没有垂地的大玻璃，我也不是住在山间小屋。我小时候看过一个关于海市蜃楼的电影，到现在还一直想，透过闪电是不是也可以看到一次海市蜃楼呢?

闪电光亮里的海市蜃楼，应该会比海上更清晰、瑰丽啊。即使没有，也可以在它的光亮里看远处黝湿的山岩，看那大树间惊起的小鸟，也许我还可以从草丛倒伏的样子，猜测出是什么样的小兽打此经过。

我希望我是这样的人。我认识每一个森林里的小兽，我叫得出每一株花的名字，我可以拍打每一个大动物的肚皮。我不说一个爱字，我和它们用眼睛说话，用草茎的长短决定谁做晚饭。

但我是那么粗暴。我的细心总是不能来临。我握紧了土豆的嘴巴，不允许它再乱叫，不允许它在卧室、客厅、书房、厨房间团团转，我把它逼到沙发底下。它蜷成一团，我还是把它拉出来，没分没寸地揍它。

然后，过不多久，又向它道歉。我时常瞧不起自己。我希望它不要马上理睬我。我希望它一看到我，就很傲气地打个喷嚏。但它不这样，它的眼睛亮湿湿的，里面全是信任，好像在说：“嗨，周公度，下次我就不怕闪电了！”

古海青树

我梦到一棵名字叫“古海青树”的树。

它枝干瘦矍，叶子菱形，静立在沙中。但远远望去，它好像在随沙漠移动，四周为风止的山谷，树息均匀、有力，如在大气中行走。沙砾是它的水源，树下却没有兽迹。它的树叶也不繁密，似乎屈指可数，但那昂然的姿态，每一片都是一个国家。

我坐在六匹马拉的车上驱驰，前面有带火的麒麟引路。车上华盖流苏轻扬，腰间佩剑叮当，而车轮已成旋风的样子。经过这棵树时，空中显出两行密语，八个字，字形陈实、罕美。然后，耳边有人低语，说：每次你默读咒语，树就生长一寸。我迅速地喜欢上了这棵树。

古海青树。有一天，我会遇见它。

瓜菜之思

安歌：

西安有植物园，但很不好看。树木与花草很少。

树木与花草都舍不得种植，还叫什么植物园呢？我好像去过两次，都没有找到可以接吻的地方。那就拉着手吧，少说话。这个样子也是我恰想做的。

我一年比一年老了，越来越灰心丧气。看到你说写了两本《植物记》，我就想看看。我认识一个河南的女孩子，她几乎能说出所有植物的名字。有年她来西安，去慈恩寺，她甚至能辨认出铜版壁画上的树木。

岩鹰就是南京林学院毕业的。去济南前，他在林场生活了十年。他有很多诗根本不写树木，但字里行间有树木的形象。多么拽。去年的前年夏天，我与他，还有普珉，几乎天天傍晚喝酒到凌晨。在我的记忆中，岩鹰是一棵树，普珉是一朵云。这样说很肉麻，我一直没告诉他们。

他们都多么令人羡慕。前些年，有段时间，我买了很多样的盘子。就是厨房里盛菜的那种。我当时立了志要做个盘子界的权威。即使别人只给我说下舔菜汁的感觉，我便能立刻说出那个盘子的式样、产地、制作方式，技师的性别、年龄等等。那该有多好。

收到你的信，我很高兴。想到伊犁有个朋友，在家里，在妈妈身边，去草甸，去大河，种菜看书，我就想笑一会儿。我去年打算去新疆一次的，然而总是有很多借口使自己拖延下去。今年我想努力一下，用一周的时间，去看且末、焉耆、鄯善、库车等地方。

我已经买了很多相关书籍与地图。沈苇那本书，名字太奢侈了，新疆不应该是那个样子的。我看报纸，刘亮程好像又在写沙湾。你能不能告诉他，让他少说点话。

那么多地方，我又是个爱坐车的人，一周的时间，肯定不够。

时间太快了，一年又将过去四分之一。

我时时心急如焚。

春天比冬天让我浮躁。

等着看你的《瓜菜书》。瓜菜们的照片，最好有单身照，也有合影。

还有，它们一定要长得朴素。

食　气

小麦、高粱、糯米等发酵后，可成为酒。酒入坛器，香氛成团状。所以，好酒滑口，纵饮之人，元神便为之颠倒；肉食则否，经日腐烂，生污浊气。此气委地下沉，人皆避之不及。

肉食之难以烹饪，在于不知该命息何时已走。“鸭炖”、“鱼汤”、“鸡煲”、“牛煎”，火候的要求，正为用餐的良机。“过期不候”，过期取用，于已身不利，于彼身，命息早已杳走；此物之肉身，真是被火攻得无理、无谓。

鱼命在水，出水无以相寄。清蒸鱼，把底置笼，鱼弃家宅，藏毒最多；入辣椒，佐酸菜，水煮鱼混乱之极，最为惨烈。羊所食唯草，化血成奶，营气续命；故而，羊有角，以化其刚，性情至柔，所发之声，宛若有羽。

以羊身置鱼腹，外敷酱蜜，闭路封径，得鲜为第一。其因，不缘鱼身，不由羊身，只在鱼食水气，其魄内聚，羊以肉身，只择细草，草气至刚，绵散不绝。世间菜谱，千万以数，然而张弛并得，天地交泰，方有此佳构。

上古食器，尊天礼地，所以，形制纷然。欲得天之气，则敞口仰天；欲得地之气，则束颈阔腹。食器名目之繁多，足以成秩。食之秩序，即是气之时分；时分不同，食器则异。食器之材质、形制、大小，即便八方位列，也关乎食气之纳入。

白菜小雪贮藏，冬瓜秋分即食；春分喜拌椿芽，雨后快剪新韭。蔬菜切时，深微而妙，籽芽根茎，各存心息。得逢其时，恰用其器，则倍得其气之八九。

《神仙传》诸仙，居山处林，乃为餐风饮露。《神农本草经》，是主尝百草，而非大烹百兽。松露，清风；明月，春梦。饮食之外，节气亦如是。

烟囱研究

有院落的人家，烟囱的位置、形制、时用极是重要。

五行的图谱里，灶房与起居室是相异的方向。平常人看到炊烟，心便暖到诗意生起。然而最高兴的，并不是河边玩耍归来的孩童，也不是倦然荷锄，沿着小村街巷看遍牛羊返家的丈夫，而是一日六时的鬼怪魔障。

在古代，晨时的妇女，烧水起炊是规矩繁复的。天刚拂晓，先是问候并清点家畜与禽，然后洗漱，接着束发，围裙，清洁灶房内外。做饭前当然不能辱骂鸡犬，不然它们一大早就心事重重地盘卧在墙角，也会影响主妇的心情。

懒惰或胆小的主妇，前一日傍晚便备好了清水与柴火。其实这样隐患很多，在灶房来说，锅铲一看到柴火的类别，就知道了次日的早餐内容；在于清水，关乎水神的根系与形魄；在于柴火，它们如果恰好炊熟一餐，灶具柴火便两相无语，如果中途加柴，那被加的柴往往被灶神厌弃，“你们为什么昨晚不一起来呢”？这餐饭便不会至佳。

灶神所在的位置，是饮食的秘密。很多人认为灶神住在风箱附近，甚至就在其内。这怎么可能呢？那么吵闹的地方。何况有很多时候，主妇们心情最愉快的事，乃是连风箱都没有回拉一下，饭就全部炊好上案了。也有一些人认为灶神在厨柜内，理由是三餐都要用餐具来盛放。果真如此，那么厨具光洁新鲜的人家，厨艺便也相应好得不得了，主妇们从此也不翻菜谱，只擦拭器具了。但灶神在灶房内，那是确定的。

鬼怪魔障的位置，相比较而言容易寻找。鬼一般在风箱、烟囱下端口与灶内后壁的交口附近；怪一般在烟囱的缝隙。魔的位置异于其他，它常常在柴火进灶的刹那，就坐在烟囱最上际的口沿。因为它大多数时间并不在灶房，所以，有时在主妇淘米、和面时，也会提前来到。淘米丢米，和面水多，锅开溢出，便都是魔在使坏。障的位置，常被人忽略，即便知道，也很难找到。它通常在烟囱内壁上不平整、凸起凹下的部位，除非这家的主妇极其不贤，它才会居住到灶内烟囱与灶腹的连接处，甚至在篦灰的篦笼上。

钟鼎人家的灶房建筑，开灶时间与客厅、书房一样讲究。建筑好后，在初次上火前，定然要用草枝通上几遍，然后，在烟囱的偏下居中、与灶腔底部平行略上的地方，斫个小洞，放进半块巴掌大小的长条砖石，便是给障留的位置，省得它不高兴了，满灶跑。口砖的选择也很重要，因为障口位于火苗炽热处，所以，如果灶腔狭窄，便不宜用石头，日久焚毁还要更替，又会惹障不高兴。高明的灶工在砌烟囱时，一般直接就塑好了胚砖，用筷子食端书上“通风致畅”等类似的词语，随厨灶的使用，最终成形。

魔与家禽的关系都很融洽。所以，午饭时间不经常出现。因为人们届临中午，杀心最重，通常午时未到，便开始打鸡鸭的主意。魔这时虽不出面，但并未停止与家禽交流信息。“早晨如果喜鹊叫，午时即是鸡犬跳。”杀心重的人，不只是反映到眼睛与嘴角，最明显的还是脚步，脚行心声，蹑手蹑脚也掩饰不住丝毫。魔了解的都是人们的喜悦。

鬼、怪、障与魔偏爱早餐不一样，它们三餐都是嗜好。尤其晚餐时，鬼、怪与障，一想到白日灶房内的柴火荜拨声、餐具挪动声、锅铲相触声、碗筷落地声，它们往往一合心就去找噩梦使臣。所以，贤淑的妇女，晚饭后绝不让丈夫收拾餐具。除非晚餐也是丈夫做的。但是灶神最厌弃的，又是男人入厨。只有浊气重集的军营中，才有伙夫的说法。

灶神的图像，有许多人家为表示尊重，将之贴在外间烟囱在灶房内的应壁上。这样错得相当厉害。把灶神都烤熟了，下顿饭，看你吃什么。所以，这样对待灶神的，都是做了这餐，下餐定是要隔上一餐才复灶的。也有人贪心地把灶神像贴正梁上的，好像额外差使了灶神去防贼。更有贴案板正面墙上的，好像三餐六时地持刀威胁灶神。真是勇敢。

灶神虽然不在风箱上，也不在水缸内，但是这两个位置也是可以张贴的。不过最佳的位置是在主妇站的在灶口，沿平行线至后墙，再上加口砖至地面的距离。因为灶神就在主妇的背后。有娶了两房夫人的人家，灶神像的张贴高度，以头房太太为标准。凡老太太夸赞小妇人做饭最适口的，定是二房太太敬了灶神，移换了像的位置。先后换了夫人的人家，如果灶神像的位置与新夫人的比例恰好，也要择吉日重新帖一下。认门、认灶、认床，是新妇的大事。

去别人家拜访的新嫁娘，爱在主人家的灶房施展身手。如果灶神不喜欢她的样子，效果多难尽人意。此时，她最好偷偷地去灶房外的烟囱下，把一截当年的禾稼干棵，放在口砖所在的小孔内就可以了。如果回到灶房，又摸了下水缸与米囤的腹身，那在客人家里就可以欺上霸下了。如果这时候，新嫁娘乘兴回家，在自家烟囱上随意的位置，换块砖倒放，从今而后，甚至还可以天天给婆婆几个白眼。

小孩子对风箱的短暂喜欢，好奇而暴力，有时候又常用弹弓射烟囱，逢农历的好日子也不帮衬大人通烟囱，长大后就会因为食物或用餐，与人常生争执。过错细微点，节庆假日去人家做客时，也会掉筷子、摔盘子，糗到想中途离开。那些朝别人家烟囱上扔泥巴的小孩，成年后，更是常常与丈夫或妻子在用餐过程中怄气、砸锅、摔盘子。烟囱记恨、复仇，也是这样源远流长。

对烟囱的清洁，农历里有安排好的日子。不过在讲究的人家，逢四季的初末，都会动员全家老小观战。先是由当家的取木板挡住灶口，然后由当家女眷打好一桶水待用，再让最受宠的小孩子爬梯子，自上而下，使长柄笤帚通壁内的柴灰烟尘。这时，并不差使佣人。挥动笤帚前，如果有家燕鸣叫，那兆头就太好了。笤帚的选择，均以当季的草木为最佳。

山东有首民间儿歌，唱词是：“榆木弯，槐木凉，桐木长长，枣木梆梆。”很多社会学者不知道是讲什么，其实是讲烟囱与笤帚的关系。甘肃也有首民间儿歌，唱词是：“烟囱儿短，烟囱儿长，烟囱儿心里黑黑，灶房里香香。”说的是对婚姻的美好计划。

莲 炭

对火的分析，早期的炼丹家最是丰富。丹砂千属，火候之识便有千种。然而，厨师与冶工之外，对火的生发与运用发挥到极致的却是在宫廷。宫廷御医对火的熟悉，非是石蜡与沉煤，也非令后来医卜者惊讶的北宋沈括的石油，而是莲炭。

莲炭取材于莲。通分莲荷之叶、杆茎、荷花、莲子、藕实。杆茎又分连芒之茎与芒刺，荷花又分蓓蕾与敞艳，莲子又分苞实与子芯。诸如此别，因时择宜，再分二十四归，归随风向、雨时，各因取用而相异。

荷叶形势阔展，香氛浓而重，所以常用于包裹新炙的肉食，正取其凉热交接之际瞬间生出的郁冽、清透。植物的枝叶生香成氛者众多，但多入脑伤神，唯有荷叶之香宽延心络。香气之有形态，亦自荷叶始。《香形》载，香分六千，形伏其内，并着力描摹出四百余种植物香形；诸香形之中，荷叶之香形与荷叶最是仿佛，团卧仰面，自然富丽。

荷叶为炭，以其香为选。待其枯干，叠百余张，如叠盖之状，密密放入瓦筒。瓦筒长可一尺，下端开启掌宽之穴，上端呈齿苋模样，下二指许洞开四孔，孔大小如豆。然后将所累荷叶中穿一孔，再移陶制水器正放其上，而后火焰自下而燃。荷叶燃尽，此时切莫用水，随其自然凉却。此水妙不可言，上古称之为“清水挂前世”，是祖先祭祀之时，了通自身的秘径。

荷叶依生长时令，又分车轮、伎腰、盘月、杯口、盏底、腕串、睛圆、指蔻等形状。每种形状成炭方式大概一致，唯所用不一。盏底之形的荷叶，多用于巫蛊，睛圆只用于幼儿洗濯，宫中常用“盘月”，以此洗朱砂，冀在心得环晕，曼妙其身影。然而，荷叶最佳的用途，是作中药药引。经霜之后，荷叶之神内附而潜，如火之复成炭待燃；研为粉末，辅之其他即成丸药。心气与荷叶之神相遇，皆能顺时入理，恰入脏腑，如有吩咐。

莲炭之中，杆茎没有荷叶直接的怡人气味，似乎粗糙几无可取，但它的采取却最为烦琐。要时时提防杆茎之下的污浊之气进入，也要防止其生长的湖水渗露，而或曝或晾之时，若皴皱起裂，则前功尽弃。秦时，制作莲炭，采杆茎常用石器，汉时始用瓦质刀具，唐时无所避忌，舟舸穿梭，或以金刀剪，或以军锋扫，喧哗得厉害。五代之后，则一无规矩了。

莲之杆茎为炭，首要在于茎内之气。莲生于淤泥，而气息大异，此为生生相继。人世间的秘密多在于此。所以，采取完整的杆茎一般用于祷月之燃香。成形的杆茎，火焰微细笔直，上端为曲钩之状，而曲钩有倒刺。观察其形、色，可作明日期望之判断。火焰有倒刺，植物之中，怕是也只有莲炭了吧？

莲炭之杆茎也用于驱使神灵。大略是径取杆茎上面的芒刺，堆砌人形，自顶至踵，以藕丝相连；而后，以风干的游鱼细虾比邻人形之关节部位放置。莲之茎芒刺最抵牾鱼虾之孽属；众般筹备妥善，便等待潮汐。潮汐见于月，现于人身，望弦月颂《云赞》，满月颂《请雨》，月隐而人形陡现。此人形，尽可驱使。

有杆茎如此精密的系统，才会有荷花的不可一世。中国的花卉之中，兰花幽，菊花俗，杏花心乱，梨花易碎，海棠拘谨，牡丹赫耀，梅花夺目有如无事生非；而中国的庭院美学，庭前植兰，院中种梅，池中养荷，后山栽松。繁复的修饰之间，荷生水中，水为庭院之心。当荷花蓓蕾初生，掐取若干，留花茎一指，置蔑覃之上，阴去水分；然后逐一燃去花茎，至花蕾根部。此为荷花炭蕾，上古的星象研究，常以此演绎更远的星云。

荷花正盛，又称敞艳。“艳”字妩媚、鄙俗，与其气质并不相符，但因为荷花花瓣自然坦荡，若无心机，世间之人每每艳羡不已，是为艳之极致。荷花敞艳之形，气息挥散，如夜风俯水。雨后听荷，月下观荷；雨后听的是微雨，月下观看的是荷花清绝的光辉。故而，临雨复经月照的荷花在莲炭之中也是珍贵非凡。

荷花为炭。每年此时，众女窈窕，焚荷花而熏衣，乃宫中胜景。届时，择无风之晴日，条形熏器殿前陈列，上二尺悬冬衣与春衫，是为冬衣有夏风，春衫交夏气。熏器中的荷花之瓣炭灰烬，亦有上好的用途，每有宫人收拾于木盒之内，调以油脂或蜡，塑成捻信，以之为灯芯。而荷花瓣炭灯芯，乃是商朝之时，宫中皇族招梦的必要用具之一。

看莲之一生，莲子备受期待。莲蓬为宇宙之缩像，莲子数心为星辰并列，中有胞衣相系；莲子又为人心，密实达于杆茎，再通藕实。杆茎之内，气昂扬上升，团裹莲子，莲子以此而生长；莲子之内，莲心静处。此芽芯遍为心体，其味至苦；苦入心经，医者常以之开顽劣之人心智。古代谣谚“我为莲子，汝为清水；清水荡漾，莲子依止”，是莲实的心语。

莲炭之中，藕实最为常见。莲子为炭，所见则罕。藕实之炭，忌用骨形，故采藕实为炭，均以节为段落；又忌曝晒，忌切割成节之时余有连荠，忌孔窍有污，忌藕身有腐，忌有鳞类依附。连荠又名飞茅，比拟于星宿外围的气体；故飞茅为炭，多焙炼丹药，用于男女性事。藕实在民间，多为秋冬之食，哪里有人精妙处置，用之寝室焚燃，颐养心髓之气呢？

莲子之炭，上古称为冰火。火有五属，木火炫丽，如桐火凤形，竹火蛇形；水火汹涌，如松火峻严，柏火急遽；金火杳渺，如槐火之幽邃，柳火之曲致。冰火为水性，莲子之炭火乃其一。莲子之炭，形为山石，山石又为冰形，其火焰层层环绕而抱，锐利、迅速，呈心形。夏朝故里有螭纹石刻，字为莲子之芯，暗寓龙以莲子为食，而莲实之大，昆仑天池不过九粒。今日的莲子虽不如上古，但莲池每有风动波兴，亦是龙行其内。

火随时间而变化，从材质而体悟其用。一日十二候，月分三十，年共二百八十余类，十万两千目属。众火之中，莲炭之火取象天宇；莲火再分四季十二时二十四气之别。古代星图，以象形比喻人世，而其连缀却多为禽兽之形。不去植物中找自己，而与禽兽谈血缘，那是多么巨大的一个误会啊。

小行山水

去汨罗

由岳阳乘火车到汨罗，大约两个小时的样子。途经一小站，地名忘却，有个人怀抱一加菲猫般大的小猪欲上火车，被乘务员拦住，那人辩解说，点些儿不脏的，也不占地，我再补个半票总可以了吧？乘务员不知如何回答，只摇头，摆手不许。好在仅停了两分钟，纠吵不得不止，火车续行。那人与小猪终究没有上来。

至汨罗境地，细雨突然迷蒙而来。匆匆进一餐店避雨，约值午后，店内无人，略觉尴尬，使厨师做一盘盐煎肉，盛米饭一碗慢用。米饭不甚干净，却颇香，吃完见雨依然未有停的迹象，便冒雨去了汽车站，花 5 元，乘大巴拟转道屈子祠。车上，前排靠窗坐的是一个女学生，面晶莹，唇润泽，鼻秀挺，侧身关妥车窗时，我居然突生口水，怕人察觉吞咽时的囫囵之声，慌忙开窗吐在外面。良久，双颊微热始去。

路仿若一堤坝，坎坷不平，颠簸得车内的女人、孩童频频呼叫。两侧多沼泽湖泊，草色蓊翠，也有人立雨中牧牛，令人心惴惴焉。

屈子祠畔的汨罗江上没有桥梁，经驳船至对岸后，我下了汽车在一房屋檐下擦掉鞋面上的红泥，过一几近颓毁的小桥，到屈子祠。祠前环抱之树数棵，售票员不知何去，卖茶水的妇人嘱我稍等，她去找人。一刻许，始来。购票进院馆，发现检票的即是那卖茶水的妇人。院馆内看陈迹、诗廊约三个小时，雨已停，仅我一人逡巡，不觉心意飘飘。而时天色渐昏，恐无车返，面屈子像许愿，回。

出祠，雨复下，且密。重经小桥，于桥侧草丛，看到一碑，字漫灭，唯“屈”字可识。步至驳船处，候得大巴，四十分钟，到汨罗县城，乘火车，再三个小时，到长沙。其时，灯火如炽，美不待言。

三月济南行略

大嘴巴姑娘

我是打定了主意去吻那个大嘴巴姑娘的。为此，我倒了一次车，绕道东郊去西郊。

但在她的办公室，她说了一句什么，我就偃旗息鼓回家了。

操　琴

张火丁在北洋戏院出演过多次。《锁麟囊》，《荒山泪》，《红鬃烈马》。有次经过北洋戏院，曾见到《锁麟囊》的海报，光彩照人。

我约莫记得又有她的专场，赶去买票，才发现又已经错过，只好看其他的剧目。《大闹天宫》，《卧龙吊孝》，《状元媒》，《廉锦枫》。《状元媒》里的柴郡主眉眼极佳。

操琴的姑娘，嚼着口香糖，面孔甚像《生死恨》里李胜素饰演的韩玉娘。

去泰山

清明，晴日微风，少见的无雨天气。

泰山看上去有些脏乱。以前读游记的印象，雨中泰山，涧流潺潺，大树蓊郁，湿漉漉的绿意。现在全无法得见。好在母亲喜欢。

雷车过山脊

由书店出来，已经傍晚，乌云聚合，凉风漫撤。看样子，昨日的雨将在今日下了。

把买的一册《蟋蟀图谱》小心抱好，行至舜井街，坐公车回家。至五里山，春雷响彻，闪电撕亮眼，架势很是吓人。

传说，雷劈无信、无义、不肖、不仁之人。我紧张什么？

同花顺

是哪一天？在哪个路口？

我转身看到一个腰细肩削的姑娘。她的长裤与我一方桌布的花样仿佛。而那桌布，买了两年，还没有用过。

我把它压在了哪个箱底？

要找出来，好好铺上，烦心之日，借以下饭。

杯莫停

行程短暂，而酒依然是要喝的。

从茶馆出来，径去酒馆。“加酒，加酒。”“上菜，上菜。”洗手间频频去，有人坐在地上，有人以前吵过架，没什么，没什么，喝酒哪计曾吵架，相逢一醉是沧桑。

夜宿史官乡

从仓颉庙出来，已经是傍晚了，月色尚浅，上挂苹果树端。沿公路一侧，抚着果树枝丫，步行到乡镇，找间旅馆安顿下来。旅馆房间甚为朴素，一面是坯墙，床乃两条长凳支起的一方粗厚木板。被褥有些发霉与浑浊。坐下看了片刻地图，腿上被蚊子叮了几个痒处。出门在院中与老板娘说了几句话，便到了街上。

夜色已经上透，路灯却是耀眼得厉害。百货商店在一家农机修理店的对面。买过蚊香后，又去不远的一家包子铺，吃了一块钱的素馅包子。没敢多吃，因为约莫记得乡书店旁边有卖油糕的还不曾收摊。我走到站定，刚好一阵风吹来，一层沙尘漫在了油糕之上。果然好吃，与那家包子铺的比较，都有丝丝的甜意。

乘兴在书店买了本《柿树栽培技术》，返回旅馆，把蚊香燃上，然后关门闭窗，到乡中心路口，看月色隐约云间。四下张望之际，发现粮油店对面有家新华书店。书店大小八九个平方，图书疏疏落落三架。“老板在哪儿呢?”“嗳。”一个十六七岁样子的女孩出现在我的身后。女孩嘴巴很小，嘴唇轻莹，但抱着一个孩子。

她抱着孩子。但她面容秀美，皮肤雅净。她的发顶到我的鼻子，头发的气息是力士的香波。就是力士的牌子，书架上便挂着力士洗发的袋装，还有香皂。小书店，兼售洗发的香波，怪不得她这样简洁明晰，清秀如水。而且，她衣服贴身，胸部丰盈。我说了什么呢？你怎么还不关门啊？只有这样一句话，却没有指出要去东、西、南、北，哪个方向的果园。

果园太大、太多了。站在她书店的门口，就可以看到东面月色下的果树枝头。那我就去乡镇东边的果园吧。这样近的距离，这样安静的夜；我去果园摘了两个苹果。返回旅馆，蚊香已经燃尽。洗漱妥当后，我啃着苹果躺下，默默筹划着怎样再去搭话，只是，头即挨枕，醒来已是早晨六点。赶班车而回。

以丽江为借口

带一本什么书

每次远行，我都要为带一本什么样的书阅读而犹豫许久。

丽江在我的印象中，是个清澈、明媚的城市。我在书橱前翻拣了几个时辰，带了本赫曼·黑塞的《堤契诺之歌》，一本苏雪林的《唐诗概论》，一本刘师培的《中古文学论著三种》，另外一本新买的地图册。其中，《唐诗概论》在路上读了大半。

但是，到了丽江之后才发现，看书是件很荒唐的事情。街上美人如织，城外晴云可抒，独占一隅胡乱翻书，实在是出不可理喻的闹剧。不过，如果幸运，于水边椅上，吧前树下，看到一位年可二八、粉雕玉砌的佳人，秀腿盘索，嘴唇翕动地翻着一本书，此情此景，谁又敢说不是一件妙事呢？

踩单车出发

早晨踩一辆单车，由古城出发，约四十分钟，至束河古镇。再过两个半时辰左右，至玉水寨。如果你打算把单车弄坏，还可以由此去玉龙雪山。

公路很是平坦，中间是一脉苹果园，果实尚青涩，但树上已经挂了“自助果园，每人五元”的招牌；两侧是绵延群山，极目处，上与浮云齐。其间，停车小憩，剪野花若干，捆成一扎，插在我的车把中间。有路过的越野车，司机探出头来，向我吹口哨。我是多么希望，他就是我以前暗恋的女同事啊。

我的衬衫扣眼里，有一支黄色的雏菊。

劝君且饮交杯酒

鸳鸯谱即使乱点，也是有缘分可说的。

在一个我戏之为“拉郎配”的游戏里，与我搭档的是一个贵州姑娘。她是那么白而丰满，所穿的衣服也恰是我喜欢的浅色系。“她怎么会那么白呢？她的爸妈到底做了什么！”我在心里不停地感叹。但活动中，我和她前后说了不到十句话。

游戏的最后，在摩梭人酒吧，男女双方于许多人的围观中喝交杯酒。怎么说的呢？有缘千里相会，无缘对面难求，何况我们喝过交杯酒呢？可惜的是，活动中她的男朋友频频打来电话，大坏了我的心情和计划。

我已饮了那交杯的酒，而气候依然如此恶劣，那我也就只好独自咽下那已然生出多日的口水了。

吃过斋饭看泉

写文章的人，是喜欢采气一说的。到了丽江，文笔山、文笔海总是要看上一看。

文峰寺乃藏传佛教圣地，在文笔山腹地。于寺内观拜完毕，已接近中午，寺内的僧人邀请同吃斋饭。主食是米饭，菜是土豆烩海带，有点辣，虎皮青椒则与内地略不相似，没有酱的色泽，而是沾了盐吃。我吃得有些贪婪，中间加了一次米饭、两次菜。

由寺门右侧继续登山，松杉愈显茂密，不可环抱者，随处可见。林间静幽，唯闻溪流之潺潺，间有鸟鸣悦耳。溯流而上，溪流渐趋宽阔。阶行约二十分钟，于一个玛尼堆前的密林岩石下，看到了寺内僧人说到的神泉。水声淙淙，清冽喜人，许多朋友倾倒了瓶内的纯净水来盛，满瓶的泉水，气氲洁然，握在手里，未入口，已冰寒入心。

哦。在寺内的活佛气象很好。

吃韭菜补什么

在我的食谱里，腊肉是浙江与湘赣的最为可口。然而，丽江的腊肉吃法较为特别，许多做法里，辅菜都是韭菜。

有一味腊肉土豆，换了两家餐馆，吃过三次，韭菜都是多过了土豆。还有一味，直接就是腊肉韭菜。而没有了腊肉的荤菜里，韭菜也是不少，在韭菜牛肉碎中，它是半壁江山，在木瓜酸辣鲫鱼里，它是那一抹青色。

素菜里的鸡豆凉粉，类似小吃，韭菜有蒜泥的佐味。炒香菌、蕨菜煮豆腐里的韭菜，应该也是如此。有次晚宴，有道汤名字仿佛是大块火腿芸豆银耳汤。我想，这是汤啊，看你怎么放韭菜，及汤上桌，发现韭菜已经生生点缀了进去。

我这么说，当然不是讨厌韭菜，而是对韭菜吃法如此普遍感到诧异。古人说过的，韭菜壮阳，丝瓜萎阳。如果我在乡间，又何尝不想拔丝瓜，种韭菜。

无论如何要搭讪

由四方街往南走，在忠义巷与光碧巷交汇的路口，是丽江有名的三眼井。

我下行到泉边，一个喝过水的娴静女人刚好站起身来，她用手背抹了下嘴巴，说：“很好的，你也喝吗？”我看着水里的一尾鱼，问：“你是纳西人吗?”她掩口笑道：“不是。只是住在这里好久了。”她转身指着身后的庭院，那院里有几棵果树，枝丫已伸出了墙外。

我在泉边的洗手池洗手时，她一直倚在那户庭院的门上看我。我回头仔细地看过她一眼，她的腿很好看，她的腰很细，她的胸脯丰满，而且笑容淡淡的甜。但我洗了十几分钟手，也没有想起一句再搭讪的话。

我不应该是个羞涩的人。我需要做点什么，才能再停留一会儿?

她在夜雨中哭泣

凌晨两点了，我和几个朋友仍在为去什么地方喝酒，而在丽江的街巷里徘徊穿梭。

丽江的天气委实变幻莫测。白天，阳光透照，也可能突然来块雨云，下上一阵雨；夜晚，刚才还繁星密布，不觉间，却又乌云团聚，片刻，雨点倾泻而至。水流冲出街道两侧的水道，溢上路面。从高处远望，整个古城，弥散着一股暗幽、素朴、简雅的气息。

来丽江的人也好像约好了同一个秘密，很少有人打开雨伞，很少有人急急跑过。他们在雨中行走得那么从容，仿佛刚刚得到了爱人的心。在大石桥西，有一个醉酒的女人，坐在路边，嘴里喃喃地说着什么，她的鞋子完全浸在水中。

在回客栈的道上，我好像唱了一首歌曲，是《让我们荡起双桨》，还是《光阴的故事》？也有可能是《苏三起解》，或者《春秋配》？我是个笨拙的人，不会唱一首最新的歌曲。

猫咪，你好

出普贤寺，左行数十米，有户庭院，满院的山茶花树，彤红几掩翠绿，令人艳羡。我清晰地记得，在雪山下玉湖边的草甸上，我曾经为一个人剪了一把野菊和翠雀花。

昨夜下的雨，还没有完全渗掉，院中有些湿泥，一只黑色的猫咪在阳光下的一把木椅子上酣睡。我小心地走到它的跟前，把它的嘴巴掰开，再轻轻合上，它却只是动了动胡须，连眼睛都没有眨上一下。

现在，我在西安，想念丽江的茶花和猫咪。

如何写下我爱你

在“龙门客栈”酒吧，参加完火把节晚会，已是次日凌晨一点左右。同行的朋友各去拥红倚翠，我则随了一位大理的白族姑娘，去了她下榻的爱华旅馆。

院中有棵苹果树，果实垂枝，照壁前的火盆旁，围坐了十几个人，多是游客，我落座时，他们正为难其中的一对情侣。坐我对面的是一个摩梭女孩子，她很安静地靠在藤椅上，听到好笑的话，也只是微微动下嘴唇，恬淡自然，宛如相识多年的恋人。我请她唱首民歌，她唱了一首《打猪草》。她没有拒绝，这使我非常高兴。

旅馆的女老板是纳西人，很是漂亮，曾是宣科民乐团的演员和主持人。她带我上楼看新装修的吧台。楼上的灯光有些昏黄，我坐在一张桌子旁翻看她的影集时，她就站在我的身后，为每张照片作着解说。她的呼吸平静，柔柔地散在我的脸上，我可以听到她的心跳声。而她的声音温婉，她的眼睛让人不安。

我那天晚上，为什么没有打她的主意呢？我后悔极了。

寒夜陈炉

已是下午三时左右，雾依然大得厉害。路上积雪成冰，车行山间，甚至被几辆脚踏车超了过去。至陈炉镇，夜色已经漫透。

我好像经常是这样，入夜才到达目的地，夜深才找到客栈。

在邮电所门口问住宿的地方，说是沿街道向北，步行三五分钟，从一家青瓷窑下行，转四五个弯，朝山下走，到陈炉瓷器厂，再到陈炉中学，附近有个小宾馆。循着暗黄的灯光，到达学校后，却怎么也找不到。无人可询问，正拟去瓷器厂看看，出来一瘦瘦的男人，言语间说明是教物理的教师。他陪我去他妹妹家的小餐馆吃饭，并打电话问附近的旅馆，预订了一个房间。然后说是要赶去媳妇娘家，就匆匆走了。

我是餐馆的最后一个客人了。他妹妹热了两个馒头，炒了一盘土豆丝给我。土豆丝辣椒很多。吃过饭，她关上店门，带我找到客栈。老板娘在房间燃了火盆。教师的妹妹用火钩翻了木炭，火势起来，泛起一些灰烬。怎么会有这么好的人？我突然就想抱住她亲热一番。当然没有那么做。那该是多么可笑，男人的感恩往往是要与人家睡一觉。

早晨六点就醒来了。不知道什么时候，旅馆的男主人也回了家，正在修理院门。他说之前听说过陈炉窑址图，但没有人见过。他建议我登上背后的小山，哪块地方有碎瓷器堆建的墙，便会有遗址，哪块地方有烟，便是新窑。是啊！我便计划着拍几张照片，然后在白纸上勾画出每个窑址的位置，附记上年代、主要窑器、匠人等等。

按他的建议，我上山复下山，找到了几所窑址，还有几条碎瓷、陶器铺设的街巷。街巷都是有坡度的，很光滑，除了有特色外，并不方便行走。我怀疑这座山上的古镇，其实是在一座废弃的巨型窑址之上。以秦人的心之势力，它距离西安如此之近，当时规模之大，品类之丰，不管怎么想象均不过分吧？

根据拍摄的照片，找到一座正在向窑里加煤的新窑。院子里有两个人在筛土，还有个人在编绳子。我走到窑口，一个胳膊很胖的女孩子，正细心地往架子上放胚。整整三架，全是些比山东、河南的面盆还要大的大碗。上面好像有字。我探手去，胖胳膊女孩说：不要乱碰！我就问，上面写的什么？她说，写的就是不要乱碰！说完，自己哈哈大笑。

是不是还没有上釉？她瞪我一眼，说没有上鼻涕？说完又是大笑。我下意识地擦了擦嘴，已经没有信心去看另一家窑址了。还描画地图吗？出院门，又四下转着看了看附近的几个窑址。看时间，已是上午十一时左右，去铜川的班车来了。转回到昨晚下车的地方，在一个小卖铺买了一袋山楂片，选靠窗的位置坐下。

车行依然很慢，山坡、丘陵、树身，皆是昨日落雪。一个小男孩把手支在我腿上，专注地看着车窗外的雪地与树。

尖扎看云

沿黄河而上，奇峰、方山渐渐多了起来。河水亦愈加湛蓝，如在云端。

万物皆有生息，云亦如此，它随山起势，依河而流。在红色的广漠高原之上，无穷广际的碧空之间，白色的云，透过阳光，发出炫目的异彩，然后在风的牵引下，瞬息变幻，自然间的一切层出迭现。古松、洞穴、蜂鸟，每一物都是幽暗的心的无尽变迁；清泉、小溪、佛寺，每一处都是逃避者心的栖息之地。

那些云朵中，形状最丑陋的，就是我的心。它使我朝堪布拉森林的深处走去。

太湖茶社

诗人城西在无锡，无锡就真实了起来。到达的次日午上，便约了锡民兄，同去广福寺吃面。寺院居于太湖鼋头渚充山之上。寺前香火甚旺，躬身礼拜之后，在殿前的圆桌坐下。点素菜两份，等面上来。城西与锡民兄是笋片，立群兄是三鲜，我最贪婪，是双菇。

吃面后下山，沿太湖步行，至太湖茶社。茶社位于湖边架起的一幢水泥红砖的楼上。楼内稀疏地摆放着八九张木质桌椅，有六七位客人在说昨天的事情。墙壁上的年画，让人有入了公社食堂的错觉。着服务员搬一张藤制茶桌，四张藤椅，到临湖的阳台。

五月江南的阳光，穿过浩渺的太湖上空，照透水雾，覆射到我们每个人身上。漫无边际的谈话，似乎发生在少年时早晨的操场。说心底的恶，谈别人的善，大笑一些愚蠢的人，赞美一些令人羡慕的沉默。如行舟微微起浪的湖面，散漫的心随波起伏。

山中食枇杷

夏历五月末，去淳化山中，看佛窟与云陵。

夜宿于甘泉湖畔。晚间散步时，于广场前的超市买新鲜枇杷五枚。回宾馆品尝，味道略涩。记得有年此时，在桂林，枇杷已是甜美至极。想淳化山中并不产枇杷，或许因长途运输而来，所以全是涩果吧。

早晨起来看《枕草子》，提到《大般若经》，再吃枇杷，又忽然想到，两枚枇杷的种子就是一串佛珠啊。

这样，收了种子的喜悦，便与吃熟透的枇杷也是一样了。

万佛岩记

入　夜

经延安、子长，到达安定古镇，已是傍晚。

站在秀延河桥上西望，夕阳在半山中，晚霞好似仰莲。

夜宿于钟山石窟。

雾中登山

早晨六点起来，浓雾封山。山上有寺塔，隐约可见。

自文管所东侧门，经萧寺宫、石渠，上得山腰。山上之雾，更见迷离，稍不注意，便破坏了草木间的蜘蛛网络。连连抱歉中，攀到寺塔，裤腿湿了许多。

远处群山，山下河水，皆在雾中。

一万午

山上之塔，建于明季。

以塔砖上的痕迹分析，众多题记高至第三层，周围应曾被山上坍塌的泥土掩埋，近年又渐次作了清除。镌刻最深的一句是："高壮爱你白杨柳我要爱你一万（午）年"。

连着读了几遍，不知怎样断句。然而，从"年"之前的"午"字的涂抹痕迹看，双方应该有争吵。不然，"午"字不可能又修改成"年"字。

高壮是个有心人。白杨柳也很强势。

象　征

束心观佛窟。

转至地藏菩萨前时，腰带突然坏了。莫名其妙至极。

什么意思？真是乌烟瘴气。

普通法师塔

早课后，去拜谒普通法师塔。

一路上果树甚多。沿途农户庭院，多种向日葵与葡萄树。葡萄青色，微紫；向日葵嫩黄，中间呈乌金色。

法师塔在山坡上，第四层北侧嵌进一石，上刻“宗祖之图”，下面几列小字，仰着面孔，也不能够辨识清楚。想来应是寺院的传承谱系；后退到略高的坡位去看，却更加模糊。

塔后有一棵苹果树，树上有三个苹果，都很丑。拣稍漂亮的一个，摘下来，又涩得不得了。但我认识栽苹果树的人吗？

安定镇

安定镇原是安定县城。尚有县衙旧址。

恰好赶上集市，镇政府旁边的空地上，站着几十头拉着板车的驴。中间有几匹小马，一头黄牛。黄牛甩着尾巴，看上去很温驯。

在“陶公业”旧居前的地摊，买了一条皮带系上。又去蔬果区域，买了三斤葡萄，步行到老城墙永清门外的桥上。费了不少时间，勉强把葡萄吃完。

16岁

小镇河对岸只有几户人家。

在桥上吃葡萄时，过来一位提着菜的女孩。她提着很多菜，也许家里来了客人。

她走路时，几乎没有声音。新鲜又柔软。

简明苏州辞典

历史经济学家看中国地图，除却山西与安徽，其余均看不上眼。文人看地图，一是帝王之长安，二是才子之苏州。苏州已然成了富丽与才华的代词。若以桃花分布论，首取山东之肥城，河南之灵宝；但大不然，在几乎所有文人的记忆中，桃花是武陵源的特产，却是苏州的唯一颜色。之所以有如此的固定印象，城市的诗人是最大的因素。

北方的画家想摹画性灵，需潜心多年，才能润泽渐现。南方的画家欲得到浑然气象与格局，更是经年继以累月，也是百般难得。诗人陶氏文瑜从容其间矣！其写苏州，以月令为纬，以行迹为纬，以汤包与红烧肉为纬，而他的水墨性情与鲫鱼大补汤则为经。在他的笔下，苏州城内日日上元灯节，月月七夕降临。恬然自得，才情悠悠毕出。

得一等好山水，方有一等流丽文章。诗人生于太湖之侧，鱼虾何其幸也，得睹才子又佳人。稻米之胜，仿佛种植于园林之内；宋锦苏绣，宛然产于私家御苑。此地既有如此生活家，苏州在金陵边上，即是南京的莫大威胁。一座城市与她的诗人的关系，问遍天下诸城，哪里还有如此奢侈到无间。一水而兼玉兰馥郁与兰花淡雅；太湖，太湖，花园何其大哉！

瓜州日记

在瓜州，我想到的

要有一座院子。这座院子最好临山。前些年我去看秦岭脚下的一幢别墅，别墅在野生动物园旁边，我想如果早晨醒来，客厅坐着一头豹子，那就太好了。

要在离院子最近的山上，找一个风势最大的地方，放一台风力发电机。如果发电机不太贵的话，它的电就用来为植物浇水；如果发电机太贵的话，它的电我就只用来给你写信，整理书籍。

要有一片果园。种植所有我爱吃的水果品种。枇杷与木瓜多些，山楂与猕猴桃多些，石榴与橄榄多些。果园的界地，种植所有我喜欢的树木，桂花与扶桑，银杏与松柏，梅树与山茶。

在瓜州，我做了什么？

我吃了碗汤面，两个鸡蛋，还有几串葡萄。

在车站旁边的邮电所待了会儿。

买了袋油葵种子。

甘肃省泰德县老龙湾村养驴公约

夏七月初，应甘肃省白银市政协与文联邀请，赴黄河石林参观、学习。下榻于黄河书画院。书画院位于泰德县境内，建筑在黄河岸边，每日清晨，可清晰听到不倦流去的水声。除早餐之外，几日的午餐与晚餐，均在附近的老龙湾村农户家中。相处之中，因为我对黄河石林国家地质公园的主要交通工具——驴的极大关注，村委会要求我起草一份养驴规约，以期对该村驴的成长、使用、保护有所助益。特草拟如下（简称《养驴十六条》）：

（1）严禁三岁以下的驴工作；满两岁的驴，可进行轻量的、短途的细微劳作。

（2）母驴怀孕第二个月后，即不许再进行耕地、拉客、载物等工作；公驴与母驴交配后，一月之内，严禁各种工作。

（3）生育后的母驴，在幼驴满 70 日后，方能工作。如在景区进行拉客业务，一车严禁超过 210kg，幼驴满 140 日后，方可载重加倍。所有工作期间，需带上幼驴。

（4） 雨日、雪日，驴每日工作不能超过两小时。雷雨天气，禁止出门；休息之地，需是棚屋，严禁露天。棚屋高度在两只成年驴高以上。

（5） 驴饲料，以粉与麸为主，但粗纤维饲料需隔日加入。秸秆饲料，长度应在 1cm 之内，青草可用原草。只有病驴才可以连续食用粉料。

（6） 严禁引导游客围观驴，严禁以驴的生殖器、驴的性格等侮辱驴的言语开玩笑。

（7） 凡被黄河书画院的画家雇佣，用于绘画的驴，全天 80 元，不含当天草料费用；凡被影视剧组雇佣，拍摄影视剧作的驴，全天 120 元，不含被演员骑乘、为剧组载行物品、当日草料等费用。严禁拉低价格。书画院不能留驴住宿。

（8） 凡外借、外聘他人之驴，需有人担保借驴、聘驴之人绝无暴力倾向。严禁借驴、聘驴给未婚之人。

（9） 凡殴打驴之农户，罚玉米 120 斤（驴十二月一生产），该驴两个月内不需工作；殴打驴致残者，罚玉米 480 斤（驴四岁成年），该驴终生不需再工作；杀驴或致驴死亡者，罚款 2 000 元，并在 16 年之内，禁止该农户养驴。

（10） 凡食用驴肉之农户、游客，永久驱逐出本村，并勒石宣布为本村最不欢迎之人。驴耻碑为村委会财产，概不出售。

（11） 农户年收入八千元以上者，可养驴两头；年收入两万四千元以上者，可养驴四头。每户限养驴六头。凡养驴四头以上者，需有专人护养。

（12） 严禁未钉脚掌的驴工作。严禁为三岁以下的驴钉脚掌。钉脚掌的驴，日行里程不能超过 40 公里，连续工作 8—10 公里，需作短暂休息。

（13） 四岁以上之驴，农历春、秋季，每月一浴，夏季每月两浴，冬季三月一浴。

（14） 所有养驴农户，所储备草料，至少可供一头驴食用一周。

（15） 严禁体重 180 斤以上者（含游客、剧组演员）骑乘。骑乘者不得用鞋跟猛击驴之腹部。

（16） 驴用眼罩，宽度以 3.5 ~ 4.5cm 为宜；辔头绳索不能超过副绳；过前腿之绳，关节处需打软，柔化；钉脚掌之钉，长度不能超过 0.6cm。

具体奖罚条例，见《甘肃省泰德县老龙湾村民公约·养驴篇》。

去昆明这样，去丽江那样

我有一个很伟大的理想，就是35岁以后在昆明广置地产，在丽江遍纳姬妾美人。如果届时我的驾照能够顺利拿到的话，便每周一、三、五在昆明的家中，把脚放在大狗的背上，怀里再抱着一只绝对帅气的猫咪，为熏心之利欲写禁书若干；二、四、六，就驾车去丽江，左拥粉红，右抱翠绿，一一把尔等那样之。

因为这巨大的抱负，我对地图有着奇异的爱好。我在西安住了六年，用了五张地图，在济南这拘谨寡寂的破城住了两年，也用了三张地图。有一年去眉山，出奇地喜欢这个地方，可惜遍寻地图不着，只好看了看苏氏祠，留影而返。还有一年去汉中留坝，风水更是奇绝，乃张良功成隐退之地，县城北紫柏山中尚有留侯墓。但是也没有地图，无法一览其他胜迹。

江南好啊，风景似曾谙。扬州地图的气质都比北方的布匹柔软，遑论苏州檀扇之淡雅从容，水色山光之静谧怡人。我久居江北多风爱沙之地，对南方妩媚景致之垂涎经日累年。多月前读几本旅游书籍：《丽江的柔软时光》、《昆明的慵懒时光》、《乌镇的似水年华》，频频生了那移居的良思。

之前，我是一直向往定居苏扬二州的。此地美人皆凝脂碧玉，不若长春、青岛之美人，一手下去，不见细软，尽是骨骼，令人刹那柔情，顿作碎石散。孰想，丽江之软与柔，尤胜江南。苏扬之软，淡与雅，丽江之软，亮与鲜。而况昆明之慵懒源于自然，优于苏扬之从容源于积淀，恰恰投了我不劳而获的天然梦想。罢罢罢，速点行装，快加鞭，连夜打马去边陲！

但那周日又该如何安排呢？我想，如果木子美也去乌镇，就同去水边小店，喝清香的三白米酒，桨声灯影里扰古人清梦，相坐而作竟日谈吧。弦月初升之际，我独自在那悠长悠长的小巷里，再遇见一位丁香一样而非梦露一样的姑娘，哭着闹着要跟我回那昆明这样、丽江那样之乡。只是我这北方的粗鲁人，在这清致的江南小镇的桥上看风景，应该不至于有看风景的人到桥上来揍我吧？

在浔阳

一个城市，如果女孩子漂亮，比种植多少名贵花木都有价值。

九江女孩的美，青白瓷器一样好。自甘棠湖，看浔阳楼，经塔岭北路，去能仁寺途中，在气象局附近，迎面是五位女孩，连河蚌脸、冬瓜脸的面孔，都有一副秀美的腿；长如甘蔗，两株并蒂，正面看一眼，便咂液有声，回头再看，便感觉到人间美好。

若我做九江市长，或者浔阳区长，女孩子们上街都要发礼金。

秋浦春水

冬日秋浦，河水如春水。

水色绿到湛蓝，波纹仿佛春风吹过。两岸之山，少年般亲切绵延；视线之内，数峰已青，又似早晨的乱发少女。

春日秋浦，又是什么模样？

骑　云

苏轼予人的印象是粗颗粒的。但如果看了他的《寒食帖》与《春色赋》，便会感到判断力的肤浅。慕白兄给人的印象也是如此。

不熟悉他的人，看他的形象，会认为他是打家劫舍的好手。读过他的诗集，再喝几场酒后，却会发现，他根本不可能是你劫银行时的好帮手，他只是一个可以在苍茫包山底之上的空地上，蔬菜瓜果中，揽腰妻子，情深款款地起舞的人。

但慕白兄之人，又确实与苏轼一样，有风涛之气，是渊厚、浩荡的。2008 年夏的一个暴雨之日，我与星光兄自永康驱车至文成。他担心我们错路迷途，驾车几十公里来接。那天，江水漫上路面，他趿着拖鞋，穿着大裤衩，刚与儿子在暴雨中的飞云江游泳归来。

在县城桥头，隔江可以看到他的百亩茶园。雨雾在山，缥缈若伊。智者刘基之文成，诗人慕白之茶园。今春二月中，我刚从南昌返回西安，便收到了他茶园的“伯温贡茶”。我发信息给他：慕白兄，二月喝新茶，其真唯心知，快乐之至。

他喜欢土地上的植物，关心大米、青菜的价格，甚于股票走势，关心家乡的变化，甚于国家的未来。如果我给他画像，只需画一斗笠，一片茶树。斗笠骑云带雨来，茶树携诗有土香。一如他的诗，简直、率意，柔情潜藏，厌弃烦琐。

如果我是个少女，我会鼓足勇气，去喜欢他即便诗文清俊，也难尽情掩住的悍匪气象。

在扬州

胖　字

“瘦西湖”三字很胖。

陈　霞

出大明寺，下山乘出租车。

司机陈霞三十岁左右，短发齐颈。途中，她问我：“你有没有发觉车里有蚊子?”我不知怎么回答，看着她在腿上抓抚着，只好反问：“是吗?”

晚上在宾馆看扬州电视频道，感觉司机陈霞很像扬州台的女主播韩珺。

中午乘车，晚上还记得司机的模样，是不是很过分?

吃　桃

有些人家的客厅临着巷道，行路上就可以将其中情景看得清楚完整。

二十几号有个人在院子里洗衣服。三十三号有个穿背心的老年人坐在客厅的椅子上吃桃。

还有一些人家，不知道他们在做什么。

扬州人的性格

扬州人的性格在牛皮糖上，也在姜糖、姜酒、姜茶中。

也在阳春面、酱腌菜与藕圆中。

那么，也应该在双黄蛋与三把剪刀中？

古旧街道

东门老街天高人闲，店名皆清雅秀儒。

西安的老街，则如家家镖局，户户官兵，峻严森列。

抿　嘴

晚上看扬州台的美女大赛十二强访谈。

闪烁而过的十二位面孔，虽然脸型并不一致，产地亦相异，但却有一个统一的特征：凡略微生活化的影像，几乎都是抿着嘴巴的。那些令人记忆深刻、心生信心的，也是抿着嘴巴的。

在古代，“抿嘴”是美学的重要解读之一。也是古代相书里上等女性的标志。异地女孩子来扬州参加美女大赛，自然也要接受扬州人的审美规范。

今日流行的露齿而笑，从何而来？其渊源恐怕很不美妙。

广陵琴韵

民国初年，广陵琴社在史可法墓侧的梅岭聚会。

梅岭与史可法，与祠堂内供奉的明末战死诸公牌位，均是广陵琴韵的最佳注解。

已是入秋，在梅岭之上小坐，依然看到两只蝴蝶。这蝴蝶，也是注解。

陕西户县虽有个杜甫草堂，长安却无李白的故居。

此地之人喜欢的都是勇狠之人，如秦始皇、汉武帝、武则天等。现在则多了些花馍、剪纸、皮影等古怪东西。简直莫名其妙。

高旻寺

高旻寺位于邗江区三汊河口，距离扬州市区较远。便早早起来去礼佛。

公交车行至某某站时，乘客几乎已经下完，我之外，只有两位年轻的女生。此时，上来一位穿罗汉鞋的出家人。从其端坐的气度看，应该是大和尚。下车后，我便跟着他进入寺院。

寺内正在兴建五百罗汉堂。香客只有一对情侣、那两个女生与我。

什么意思。

灵　宝

激　灵

自车站去灵宝市区的途中，有一片枝头挂满的柿树。

一棵棵的闪亮的柿树，就在雨水中。

但我的第一意识是，返回的时候要趁无人时偷摘一些带上。

我最近接触了什么贼人匪徒吗？

古建筑学

函谷关新一期工程为清华建筑学院设计。

所以，有一种拙劣的品质贯穿桥头、路灯与地砖。消瘦而轻薄。整体风格距离两宋近，做梦梦不到汉唐，细细的护栏更不能通到先秦。但 13 米高的老子贴金铜像真是气派。水流的设计也是匠心别致。

然而，春秋时的老子依然住在明清的亲王后花园里。

银杏与木棉

银杏树叶的边缘已经有黄色的秋痕了。丛丛的木棉却在雨水中开得忘我而鲜艳。

“鲜”与“艳”，夺心又夺目。

隐　喻

临出老子所出的函谷关口，一侧土崖的簸箕大小的土穴里，有一只一岁半左右的狸猫在叫，在叫我们之中的一个人。

在河边的老山门外，两只本应悬挂的檐灯掉落地上。入园几步，五棵新栽的杨树被风吹倒在路阶上。

虎符将军。吹灯拔蜡。出山伐林。

致黑女

灵宝上古有铜矿。

那么，黄帝铸鼎的原上可有线路图直达古旧矿址？铸鼎原上是否可以看见分鼎九州之路？如果是水运，中国造船史是不是可以上推一千年？船运发达系于繁育的森林，上古若有水运与森林，大象之域是否有大象？

于大象之域，骑牛而行，有何感慨？

出函谷，过潼关，抵渭南，老子南向秦岭山系楼观台，为什么不北上轩辕黄帝的桥山？

紫气东来，首要当然是找到“东”的所在。

云 气

云气过山真是壮观。层层复团团，粼粼接律令。如豹子夜间疾行。

山树皆倾耳，影墙之上有松枝群鹤，殿墙之上有云朵朱雀。

古人听雨、看云。唐末之后绘画之中，停云尽是灵芝模样，堪舆书中灵芝模样则参仿钱币形状。

时间暂驻此刻。

灵 宝

灵宝！听上去像个天宝年间大户人家的宝儿小子。

“灵——宝——”又像是迎面撞怀一个高老庄的胖脸小姑娘。

海上的话

海的倾慕者

请不要在意我那些以轻描淡写的语气说出的话，那不是我的心，不是真实的我。我喜欢并向往那些炽热的、痛苦的词语。它们才是生命的真相，水的律动脉搏。与一棵山间松柏相比，与夜空中的星辰相比，我相信人类短暂的一生不应该是死水微澜，不是止水静观。想一想海水之下的暗流、台风之夜的巨浪吧。也不要信任那些执着、坚韧、勇敢的话，那不是我的心之本身，也不是我一贯的行为。我是一个不真实的懦弱者，我总是在放弃中、妥协中。我是修饰与伪装的爱好者，我是山与岩石的赞叹者，我是世间蠢行者的代表。啊，我是海的倾慕者。

旧地重游

威海。十年前我来过这座城市。这句话多么令人惶恐，我开始谈论十年前的事情了。我想起一个朋友的诗；那天我们在山下散步，他接到一个讣告通知，然后他说："啊，已经到了死朋友的年龄。"那时他才四十五岁。他强壮、倔强，像一匹执意在戈壁滩上生活的河马。现在我向他致敬。他有茁壮的温柔，与不舍的悲观主义。我望着海水与云天交接处，想着一去不返的往事。时光的印记，历历在目。我不相信物理学家关于贝壳的解释，那是自满、愚笨的结论，我相信贝壳的螺旋是记忆的最佳方式；那美妙的海水与风声的汇合，是彼时的图景与今日的对面私语。我将海螺放在耳边，听着回声，看着浩渺海水远处的一座黛色小岛。那不是我登临漫步过的岛屿，但一样令我向往。我四处张望着，寻找船舶，无论船舶的大小，我的心告诉我的嘴巴，喊出来啊：给我一艘到达海上小岛的船吧！

金石湾海岬

看完画展，便去海岬看海了。雨水还没有停歇的迹象，沿途的草木湿润，绿意沛然；海面轻摇，波浪的声音淹没在雨滴与空气的交错相逢中。远山在密雨雾气里，古意隐现。那是《山海经》中的山。它不高大，不突兀，但自然嶙峋之状，有着齐国的诡秘、清健的气息。阳光终于来了。它迅速蔽满临海的山谷、海湾、别墅，照彻整个海岬石块上的苔藓、礁石缝隙间的海草、贝壳。波光的美也显现出来了。万顷闪烁的银光，海神行走于它们的每一寸光芒之上。她的美随心意升腾，在阳光下与微风中，逐浪而行。她的身姿曼妙，冷艳威严，不可模拟。但我感觉得到她，她的身上带着海水珍珠的亲切与甘甜。她就在我的身边！

青春之歌

她是我飞机上的邻居。她一直在吃东西。看一会儿书，便吃糖果，吃点心；翻一会儿杂志，开始吃晚餐，喝清水，喝饮料。她有一个糖果小包，平均十五分钟左右，便从中取出一颗。她小心地剥糖纸，糖果和着津液的声音，清晰得像一个小姑娘；她也照着镜子，不知道在看什么。她偶尔的假寐也是对晚餐与糖果的回味。我当然认得出她。她是画佛像的画家。她年轻时肯定是一位有一万个真诚的男人热烈渴慕追求的美人。在随后的海边美术馆中，我听到了她丈夫的名字，她才是一个立体的人了。她的丈夫是一位版画家。有一幅版画，是两个骑着自行车的青春男女迎着阳光的背影。车轮旋转，她与他均侧着面孔，说着话。他的后座是一盆花，她的头发飞扬，她的腰柔美。她的嘴型是笑，是含着糖果的模样！

海边小船

一只小木船在海湾的浅水区域停泊着。像一个女孩在海水中哭泣。啊，那只是我的想象。它肯定不是这样的，它安静、沉稳、乐观、自得，不自怨自艾，它信赖它已获得的生活。海鸥也许才符合我的想象吧？海鸥飞过海水冲击的礁石，它们在我的头顶发出“海啊，海啊”的叫声。它们对海有深深的期待，才会呼唤海的名字。不，这也只是我的想象。它声音沙哑，为什么不可能是因为它在海风中口诵一封用一百万条银鱼写就的情书？为什么我要把对方理解为一个弱者？为什么我不能让它们融入自然？它们在自然中，是对我的俗腻之心的威胁压迫吗？这是一颗易受感染的心。这是一个复杂的可怜人。

几封情书

欲言又止

思君贴

整理书橱，翻出五六幅内容相同的书法。

辞均为：思君令人老。句出《古诗十九首》，下句为“岁月忽已晚”。

我要这么多暗示自己的东西做什么？多可以使心平静如水吗？

何不直接写个“死”字。

罗汉竹

春初买的罗汉竹块茎，二月底种下，三月出三株，嫩绿可喜。

及至四月，先后枯萎两株。

除了当初砂土难觅，晚了几天下土，平日里我慢水细肥相待，时常还相言语，何曾有过怠慢。

你们却这样对我。

一杯水

我赌气：

喝完这一杯水还没有你的消息，我就××、××、×××、哪怕从此××××××。

我与自己妥协：

一直续水，续到茶淡，到无水。

八爪乌贼

一边读易，一边下棋，一边听琴，一边登山；

一边接吻，一边种菜，一边调教群兽，一边治理天下。

此梦八爪乌贼也不曾有。

宇宙是心形的

我不信欧几里得，不信王充与张衡，不信笛卡尔，不信托勒密，不信哥白尼，不信牛顿与莱布尼茨，不信爱因斯坦。

我相信宇宙是心形的。

亿万星云，依心而动；世间万物，凭心而行。

一页书

山谷中的百合，树林里的月光；

飞翔过的鸟群，落叶下的小溪。

都不能使我忘记你。

天地之间

为什么你的言行举止总是会如此逼迫我问自己我能够相信自己吗？

一起买的书

一本《樱桃》。苏贵兴、张爽编著。

陕西科学技术出版社。1989 年 9 月第 1 版。印数 3 000 册。

读完发现了几个错字。譬如："随"印成了"隋"。

打算写篇《长安樱桃布略》。

一本吴念真小说集。《抓住一个春天》。

中国友谊出版公司。1988 年 4 月第 1 版。

我喜欢这个书名。狠狠地喜欢。

就像喜欢朱天文的《带我去吧，月光》。

其中有篇《哥哥捕鱼去》，让我想起 Sicher 的《哥哥妹妹捕蚕去》。

但 Sicher 文胜一筹。我恨不得在我主持的每一本杂志上刊载她的文字。

我还想起今春的一个深夜，看《恋恋风尘》，看得泪水出。

一本《秦腔词典》。封面图案采自秦帛，色为汉之正色，深朱大红。

敦煌文艺出版社。1995 年 10 月第 1 版。

也许是书成时资料限缺，开篇“序”与“前言”，及秦腔成因，言多概词。

文章最忌讳：深的浅到贫弱，浅的深至空落。好不可惜。

一本《古瓷鉴定指南》。初编。

北京燕山出版社。1997 年 8 月第 2 版。印数 10 100 册。

书收《瓷学》、《饮流斋说瓷》、《增补古今瓷器源流考》、《瓷鉴》。

仿佛初读红楼，每读一章，就惋惜好书顷少一页。

字字牡丹百株，行行芍药千朵。

一本说易的书。《中国八卦运气》。刘杰著。

青岛出版社。2005年5月第3版。印数3 501～7 500册。

八卦就是蛛丝马迹。

就是从她的指甲油与花卉，来分析她的性格，她明天的行踪与后天的早餐，以及打喷嚏次数。

这本书送给她的爸爸。希望她爸爸给我占卜，画运气渐升图。

使我平步青云，骑高头大马。

一本谈曲艺的书。《戏文锣鼓》。魏绍昌著。

大象出版社。1997年8月第1版。印数2 000册。

魏绍昌对鸳鸯蝴蝶和《老残游记》很有研究。他好像见过孟小冬，只可惜我不是杜月笙。

更重要的是，他做了许多“狗事活动”。上海的宝。

见字如晤

这些年我一直在想，想再见到你。想再见到你时，一定要好好看看你。我在你面前，总是飘移不定，那样不清晰，我几乎忘记了你的样子。

我时常后悔所做的事情，时时埋怨自己。我有一个写小说的朋友，他经常做梦，有次梦到了我，很诧异地写了篇文章说这件事。我看到后，高兴地向他表达了愉快的心情，毕竟之前我与他只是见过几面啊。我喜欢被聪明的人惦记在心。虽然是在梦中。

但我是个笨拙的人。我老是梦见你。然后，每次都是在考虑，我要不要告诉你呢？我太想听到你的声音了。有一天清晨，我从梦中醒来，沉沉心，终于告诉了你。但你什么也没有说。即使是一个“嗯”，一个句号，也没有。我恨透了多言多语的我。

有一年，在郑州，一个小说家的聚会上，许多人约定了去游访登封少林寺。然而到了说定的那天，突然下起了暴雨，还有闪电、雷鸣，路上到处是积水。多数人搁浅了计划。就咱俩了。“还去不去啊？”你问我。当然去了，不是说好的吗。

在宾馆，每人买了把伞，坐上了去少林寺的大巴。太奇妙了，到寺前，大雨就停了下来。我买了把香，去点燃时，却发现断了。再去买了，刚转身，又被女伴的胳膊碰折了。香是祝祷之先，有预卜之意的。太准确了，那天我心绪烦乱至极，本也想悔约的。

她是你的朋友。我珍惜这个说话的借口。我和你说到她，说到大雨，说到断香，你掩嘴笑了起来。我坐在你的对面，傍晚的阳光照在窗外的梧桐树叶上，像两双手的轻轻相握。之后，我常常想起那次大雨天的出行，那次和你交谈。

有些人你认识了，好像天生只为错过。又有些人你认识了，仿佛天生注定心伤。一个单纯的理想主义者，必定是个固执的宿命主义者。我对于你，最简单、固执的想象，是一次平静的说话，一次记忆的重新擦亮，一次短暂的偶然相逢。

我想知道，你现在在做些什么？在阅读哪些书籍？看哪些电影？听什么样的音乐？为什么我的心总是因你而乱却如此疏离？你又去哪些地方旅行？我去了那么多的城市，走过那么多的街道，为什么就是遇不见你？遇不见你的瘦弱，和孤单。

许多人因为疲惫也许早已放弃，也有许多人因为疲惫，而倍觉行程甜蜜。这不舍的甜蜜，于冰中潜藏，于夜深打开，于晨晖收拢，却永不随时间消融。

从今尔后

我知道我错在哪里，我对生活总是心存奢望。而你不一样，你喜欢所有的普通人，关心每次的小镇之行，选择淡水与蔬菜。我做不到这些，我有一颗攀慕荣华的心，我选择平静是因为没有气力去喧嚣；我擅长隐蔽自己，对触动内心的一切轻描淡写，仿佛心如止水。然而事实不是这样。事实里，我一直是个大声的、很啰唆的人。

我压抑着心中的敌人。我知道他处的位置，吞噬着我的一切。我厌恶他，畏惧他，但又无可奈何。我觉得自己好像小说《荆棘鸟》里的那个教士拉尔夫，隐忍、坚决、无情，爱得缓慢、不舍。然而，我连这样的人也不是，我脆弱、犹豫、自我怜惜、可笑、可鄙、荒唐、丑陋、怯懦、虚伪、愚蠢、可怜。我知道我是什么样的人，但我不甘接受所有的不屑。

我读鲍博·迪伦的自传《像一块滚石》。他 29 岁时被普林斯顿大学授予荣誉博士学位，发言人说："尽管他名满天下，却避开公众和组织，喜欢家庭和睦，离群索居。"我多希望，我也能像他一样，做一个漫不经心的人，但我不能够；我想生活得具体些，更认真些，但也不能够。我时常处于迷蒙错乱之中，常常陷入，陷入无力，自我围困。

我想讲出内心对你的渴望。想大声地喊出来，想从所有的方向、告诉所有的人我需要你，关爱你。爱得像时钟，分分秒秒，寸土不舍弃，不休不止，不退离；爱得像一只小狗，步伐柔软小心，欢快进餐，迅速睡眠，但又在每一刻注意倾听，注意你的日历与消息。就像我是一只小狗，看着时钟，盯访你。

心，要它想要的东西。我在心里告诉自己千百遍。没有人执意逃离偶然的相逢，没有人愿意放弃久等的亲吻。我相信刻骨铭心的爱，相信永不企及的心，相信每一幕悲剧都是碎了再碎的心经历百千波折依然不能放弃的艰难呼吸。相信奇迹在悲剧来临之前来临。然而事实不是这样。事实里，悲剧总是在奇迹来临之前来临。

即便如此

我还是不能忘怀。每天、每时、每刻，都能想起以前种种。想你走路、说话、吃东西，每一个凡常细节，即使每一次吵架，我都想念。你的样子印刻在我的心里，心有多大，你就有多大。你恰到我的眉前，那就像你顶着我的心尖。你在我的心里，一如你在日常，你的所有举止言谈，都使我觉得甜蜜。但你时时漠视我，我的心包着你，却离你如此遥远。

我讨厌“青春无悔”这个词语，极端不信任说出这个词语的人。我的青春充满了错误，想起来全是叹息。你爱一个人，她不知道，这没有什么，你可以把爱深藏心底。可怜的是，你深爱一个人，那个人她知道，也爱着你，但她的爱只是一点点。坚持的人喜欢种植铁树，因为铁树也会开花。铁树开花，是久久等待的温情相拥。

我不知道别人的爱有多深。我每次刚刚离开，就想再见到你。看着你。不言不语。我参加过一次葬礼，死者的妻子谈笑风生地招呼往来客人。我不知道怎么会有这样的情景，返回的路上，心凉到极点。回家后，我终于忍不住痛哭失声。我相信爱，相信缘由天定，相信心心相印，相信刻骨铭心的思恋，相信人即使天各一方也能心灵相通。

但我从来没有遇到过这样的爱情。我深爱你，你永远浅浅一笑。我在你的心里根本没有位置。你活泼、可爱，追慕者众多。我浅薄至极，掩饰不住嫉妒。你不屑我。我知道。这舞台很窄，只容站着爱别人。你就在舞台下，不是观众，是导演，等我出破绽，等我张口结舌。我越来越像一个脱线木偶。没有表情，目光单一。心也是木头的。我等你，牵线摆动。

微风的心

我相信你就在风的里面。

夏初的清晨，车经过山脚，山脚的风清静、茁壮，像豌豆苗在水中。到了深山中时，阳光照过山间的植物，照射进沿山公路一侧的溪水，这时风吹过来，吹到脸与衣衫上，是薄荷叶子一样的凉。你也是。你的鼻翼有夏日微风的样子。

在中午，车停在一段稍宽的空地上，我与你下到山溪里。从一块石头跳到另一块石头；大大小小的石头，每一块都想让人站立不稳。你把手探进水里，细小的波浪亮丽前行，如有急急的心事。心事在水声里，随风飘散。

从风的身上，可以感觉到时间。时间到了下午，风倦怠了，软软地停在树叶上。车速似乎慢了下来，你与我开始瞌睡。直到傍晚，燥热的风，缓慢归山。风是怎样归入山中？山间鸣虫的声音自岩石与草丛间发出，然后爬上树梢，在云树之间，悠然流转。

风怎么会懂得这样多？只要你想一个人，她就在所有的地方。

如果真是这样，那有多么好。

纸短情长

古人的爱情比现代人的持久、坚韧。他们的诗文多写相思，现代的人则多写睡觉。相思当然离不开小窗与珠帘，每一幕幽秘的布景，都通往更深的内心。睡觉却从不择地，沙发、厨房、台阶，无一不是欢爱的好场所。所以，古人有心杀伐，拓疆土，以取天下；现代的人心思浅薄短暂，即便是工作间里，也叹息连连。

驿亭是极好的发明，它是古人爱与信心的图像。十里长亭，马行过处，看得见心的速度，步步皆是杳杳爱怜。古典的小说、诗词里，多写到落叶飘絮，大雁游鱼，我相信那是悲剧的台词，他们最后都再也没有见到心里的人。戏曲里的相思，快马也要加鞭，鞭鞭高举，声声的马嘶直催断人肠。而琴曲里的弦音，如白云风筝，若即若离，心悬口边，只与弦说。

那说不出的相思，胜过万语千言。刘邦曾为亭长，他对吕雉的想念应该最是坚定，一如吕雉为他留尽骂名。他写诗“威加海内兮归故乡”。没有“爱”字，只有意气风发。这是极好的情诗，所有的气力都指向另一个人，像夜剪灯花一样殷切，比少女望月焚香还虔诚。最深的爱情就是这副样子，像赶考的书生，心酸又焦急，可怜又单薄。

我对你的感情也是这样。我常常想起你苦涩的身体。我想象那是少年时的足底被盐水浸过，与莲子相遇过。然后，一直在紧张之中。我的心与你的一样，有很多畏惧。我从来没有安静的内心，总是有些卑劣的想法，浏览报纸，喜欢看艺人分手的绯闻，也喜欢看普通人去殉情。我喜欢他们的哭。喜欢她泪湿衣襟，他泪流在心。

好运气的人

在古代的书上，有许多好运气的人。他们年轻的时候爱上一个人，就爱到死。如果他们的表妹爱他们，即便族人反对，还是能够顺利地结了婚。

然后，他们从花园恩爱到卧室。与其他不快乐的家庭一样，他们有频繁的怄气与吵架，从酒铺门口厮打到麻将馆，也有种种是与非，也曾在夜间扎草人、烧符咒。我羡慕他们直线式的感情；他们绕开了芜杂的内心纠葛，虽然几乎日日水溅尘起，但是他们在一起。

他们不但生在一起，连坟墓也在一起。在古代的墓群里，祖父与祖母在一起，父亲与母亲在一起，妻子与丈夫在一起。他们生前爱吵架，死后便埋葬在一起。

这个国家的物理学近况

只有陨石知道月亮之心的位置与梦的区域

她看上去，

金光闪闪。

岫玉与湖水

我有岫玉一方。外璞坚实、湿润，侧面凹刻葡萄一颗，辅以藤枝与蕊与叶。

葡萄圆融，邃绿入于湖水之中。葡萄硕大，我以之为蟠桃。

川字流形

也许此川过后，

再无此川。

此川之深，唯此川得知。

山东出产之蚕茧

鲁锦之价，倍过蜀绣。
运河之心，远在江尾。

今　日

谷雨之后，即是立夏。

他忧心忡忡，
他忧心忡忡。

物理学近况

抑制不住她给你的喜悦，怎么抵得住她给你的忧伤。

湟源夜色

湟源的夜空，星辰布列云集，闪烁如爱一个人时的心。

自城隍庙前步行而出，在拱海门外，数往来的年轻女孩。高原夏末的晚风，已有冰的气息，但美人的体内，没有季节；她们的小腿是光洁的，颈项是秀润的，腰是软的，鼻子是丰满而隆起的，嘴唇也许都是甜至蜜的。

我看到她们，就想你也在身边；在浩瀚星云下，我慢慢地亲吻你。

海枯石烂

我见过海枯之后的陆地，见过石烂之后的平原，但没有见过你。

然而我知道你在哪里，你在所有的地方，只是不在我的心里。漫山的雪，除了云杉，就是柏树，树树皆有前世，皆有来生，就是没有你。陡峭的石阶，蜿蜒的雪巷，游人接踵，你在每一个脚印里，在所有的身影里，但我找不到你，听不到你的声音，不能感觉到你。

记忆不过一世，虚空无限宽广。但是我看不到你。

佛陀在咖啡园

伪君子

我见过一个伪君子，他除了偶然的表达上的细节不像我，在虚伪的种种时域之内，处处与我吻合。我与他相遇，同他促膝交谈。有时我被他虚伪的面孔激怒，想狠狠地抽他一个耳光，但他显然也想如此对待我。

有时我因此而胆怯放弃，有时与他互殴得遍体鳞伤。有时我想再不与他相见，但他总是能够迅速找到我。我似乎从未决心彻底远离他。而且一旦再次相见，他总是兴奋地说：啊！周公度！好久不见！

咖啡香炉

书桌上的这个咖啡香炉之前，是一个茶叶香炉。茶叶香炉的前身是一听明前绿茶。年初的时候，我在茶叶听内盛了些楼下弃置的石灰，在盖子的上面钉开三个孔。此后，檀香燃起，我便想象是佛陀在丘陵茶园，想象众菩萨在茶云之上。但此香炉后来的境遇，显然证明了我处理它时的草率：有一天，它直接被人捉起扔到了我的脸上，香末与石灰落到脖子上、胳臂上。

今天是哪一天，在另一张桌子上，我发现了前年的去年未喝的一听海南咖啡。也许我喝过两三次吧，里面的金属内盖已经没有了。但我为什么没有坚持喝完呢？我去掉盖子，直接将长香端置在咖啡粉末中，那檀香点燃的瞬间，咖啡的气味便也出来了。就仿佛佛陀在保克海峡之南，斯里兰卡的咖啡园中，众菩萨在照理园林上空的天气。但佛陀没有去过斯里兰卡啊。

我在研究地图

你有没有发现，海风在凌晨出发，傍晚总能及时返回。
他们所努力返回的，每一个地点都很好；
只要你在。

只要你在。
海风所来有源，所出有时，所过有路径；
他们无论行色如何匆忙，面容多么焦急，内心总是甜蜜。

古代人的心脏

因为读《黄帝内经》与《京房传》，让美术编辑排版，印刷了一些伏羲女娲与孔子像。又因为整理校辑《大吉祥天女法门》，印刷了几张大吉祥天女。又因为要读《成唯识论》，印刷了几张玄奘法师的远行图片。

我现在在读《止观讲义》啊。所以，自彼日起，我便开始耳闻情色污秽、吵架不分昼夜、说谎面不改色、饮食毫无规律、睡眠有如禽兽、心似狂象野马。需要印刷一颗什么样的古代人的心脏，才能契合我这副肮脏的样子呢？

跋：乘夜色来的人

十几年前夏日的一个深夜，诗人余丛和黄海来到了我西安的小屋。

在我逼仄的小屋里，我们围着一张玻璃餐桌谈话到黎明。房间里的烟雾像陶渊明的尘世，言语的主题则类似孟子所居的列国。倒茶的间隙，我不停地看墙上的钟表，凌晨一点了，指针正在向一点半、两点迈进。我不是暗示催促他们离去，而是为这个时刻欣喜。

我喜欢钟表的声音。一个之前从未谋面的朋友从遥远的广东中山乘着夜色来到我的小屋。哪怕对他而言只是一次偶然的兴起，但在我的心里，仿佛一万亩的星辰照耀着我。这个微妙的细节告诉我，真诚的朋友之间是如何对话，信任是如何令人愉悦。

他使得我的内心有了新的规范。后来，我读到他那首著名的《这一年，三十五岁》。这是一首令人惶恐的诗，意志薄弱的人足以感知绝望的凌厉侵袭。我相信这是一首在夜晚写就的诗。这首诗的每一个字都被泪水浸泡过，就像是在指责我们每一个人。

很多年过去了，我乘一辆夜晚大巴到达他的城市，敲开他房门的愿望，从未消失。

2013 年 10 月 9 日　西安